Das pathologische Leiden der Bella Jolie

Ramona Raabe

Das pathologische Leiden der Bella Jolie

Novelle

Mit Illustrationen von Ailish Trimble

Dittrich

Lektorat: Markus Lorenz
Satz: Gaja Busch
Umschlaggestaltung: Guido Klütsch
Cover-Aquarell: © Ailish Trimble
Foto der Autorin: © Patricia Kaiser

Printed in Germany

ISBN 978-3-947373-01-7

Für Sarah

und für alle Momente,
die sich nicht festhalten lassen

Vorwort der Herausgeberin

Statistiken weisen seit dem Jahr 2010 einen exponentiell ansteigenden Trend der sogenannten »Selfies« auf, also von zumeist mit der Kamera eines Mobiltelefons aufgenommenen Selbstfotografien. Während diese allseits beliebte Tätigkeit für die meisten Menschen problemlos Teil ihres vor allem privaten und sozialen Lebens ist, wissen wir heute, dass sie ebenfalls zu einem zwanghaften Verhalten führen kann, welches die Betroffenen erheblich einschränkt und ihnen schadet.

Die pathologische Impulskontrollstörung (»Selfie-Sucht«), welche erst 2024 als solche von der Medizin anerkannt wurde, ist als Phänomen bis heute nicht ausreichend erforscht. Der Fachbegriff Autokatoptromanie setzt sich zusammen aus griech. αυτός, autos, »selbst«, κάτοπτρον, katoptron, »Spiegel«, und μανία, manía, »Raserei, Wahnsinn«.

Durchbrechend und crossmedial wahrgenommen als ernsthaftes, durch alle Gesellschaftsschichten persistierendes Problem wurde die Störung erst durch den Fall der im Jahr 2019 an den Folgen ihrer Sucht verstorbenen 29-jährigen »Bella Jolie«, kaum bekannt unter ihrem bürgerlichen Namen Janina Ast.

Ast, deren Sucht exzessive Ausmaße annahm, entfernte sich in den Monaten August bis November 2019 kaum mehr von einer Steckdose in ihrer Wohnung auf der ostfriesischen Insel Juist, um ihr Mobiltelefon ohne Unterlass mit Strom zu versorgen und den Kameramodus funktionsfähig zu halten.

Mehrere Tage verbrachte die damalige Studentin an jener Stelle und beschäftigte sich in den letzten Wochen – so ließ sich den Daten auf dem verbliebenen Gerät sicher entnehmen – mit nichts anderem als der Selbstfotografie und dem Löschen von Fotos zwecks Erschaffung neuen Speicherplatzes. Bis zu 11.000 Fotos innerhalb von 24 Stunden soll die Studentin in ihren letzten Tagen von sich selbst gefertigt haben, und sie hörte auch nicht damit auf, um lebensnotwendigen vegetativen Tätigkeiten nachzukommen. Besonders tragisch werden somit diese letzten Fotografien, die eingehend die schwindenden Kräfte einer Frau porträtieren, die den Obduktionsergebnissen zufolge letztlich dehydriert war. Die nur wenigen und kurzen Pausen zwischen den letzten Fotostrecken weisen außerdem auf akuten Schlafmangel hin.

Es lässt sich wohl mit Gewissheit sagen, dass ein Tod nie eindringlicher dokumentiert worden ist. Der 2020 im Brahmann-Verlag erschienene Band »Die letzten Stunden der Bella Jolie. Ein Leiden in Bildern, Sekunde um Sekunde« wurde nach einer Klage der verbliebenen Familienangehörigen wegen Verletzung des Persönlichkeitsrechts posthum wieder vom Markt entfernt. Die Ansammlung von Fotos wurde vom verantwortlichen Richter Peter Kreuzer im nachfolgenden Prozess aufgrund eines medizinischen Gutachtens für ein zwanghaftes Symptom einer Krankheit befunden, und nicht als Zeugnis eines freiwilligen Exhibitionismus.

Ein Teil der Fotos darf im vorliegenden Band mit freundlicher Genehmigung der Familie Ast nun erstmals wieder veröffentlicht werden. So dokumentieren einige Abbildungen die letzten Stunden Janina Asts, während es sich bei den meisten Fotos um weitgehend unbekannte Beispiele ihrer Selbstporträts handelt, welche uns einen Menschen näherbringen, dessen Persönlichkeit uns Aufschluss geben könnte über eine Abhängigkeit, die in den letzten Jahren zunehmend Verbreitung gefunden hat.

Janina Ast begab sich bereits 2017 in eine Art therapeutische Behandlung. Allerdings handelte es sich bei dem damals einunddreißigjährigen und mittlerweile verunglückten Florian Kramer, der seinen Bildungsweg im zweiten Ausbildungsjahr seines Facharztes der Psychiatrie unterbrach, um einen selbsternannten Forscher, der in Frau Ast vornehmlich eine Interviewpartnerin zur Erschließung seiner Theorien sah, und weniger eine hilfsbedürftige Patientin. Sie hingegen, die bis kurz vor ihrem Tod noch daran festhielt, an keinem ernsthaften Problem zu leiden, ließ sich von Herrn Kramer für die insgesamt zehn Sitzungen, die vordergründig seiner eigenen Recherchearbeit dienten, monetär entlohnen. Begegnet sind die beiden sich nach bisherigem Ermittlungsstand auf dem seinerzeit sehr beliebten sozialen Netzwerk »instagreet«, auf welchem der junge Arzt auf seiner Suche schließlich Fräulein Ast traf, die unter dem Usernamen »memento1990« zu diesem Zeitpunkt noch mehrere Dutzend Selbstporträts am Tag veröffentlichte.

In dem Bemühen, die Ursachen solcher Verhaltensweisen zu begreifen, habe ich viele Weggefährten Janina Asts zu ihrer Person befragt. Ich bin keine Ärztin und keine Psychologin, interessiere mich aber für Menschen und ihre Motivationen – dabei bin ich der Überzeugung, dass ein Versuch, das Leiden der jungen Frau exemplarisch nachzuvollziehen, für ein Verständnis dieses gesamtgesellschaftlichen Problems unabdingbar ist.

Den Mitschriften meiner Gespräche sollte ein kurzer Abriss der Biographie Janina Asts vorausgeschickt werden. Die Vita knapp drei gelebter Jahrzehnte ist überschaubar und trotz oder gerade in ihrer Unentschlossenheit gradlinig: Janina Ast wurde 1990 als einziges Kind eines selbstständigen Datenbankmanagers und einer Biologielaborantin in Salzwedel geboren. Die Eltern trennten sich, als Ast neun Jahre alt war, und behielten das gemeinsame Sorgerecht. Nach ihrem sehr guten Abitur zog die junge Frau nach Frankfurt am Main, um an der dortigen Goethe-Universität zunächst Jura zu studieren. Im vierten Semester erfolgte der Wechsel zum Studium der Humanmedizin, welches sie trotz guter Ergebnisse nach dem ersten Semester abbrach, woran sich ein Neustart in Form eines Bachelorstudiums der Politikwissenschaft anschloss. Letzteres hat Janina Ast innerhalb der Regelstudienzeit erfolgreich abgeschlossen. Danach arbeitete sie für zwei Jahre in einer PR-Agentur als Assistentin der Geschäftsführung, sowie für kurze Zeit als Teamassistentin in einem Internet-Start-up-Unternehmen, das innerhalb eines Jahres aufgrund mangelnder Liquidität aufgelöst wurde.

Daraufhin begann Ast ein Masterstudium in International Management und arbeitete als wissenschaftliche Hilfs-

kraft am Lehrstuhl eines ihrer Professoren. Zum Zeitpunkt ihres Todes war sie noch für diesen Studiengang immatrikuliert, hatte allerdings seit über einem Semester nicht mehr an Lehrveranstaltungen teilgenommen.

Wie viele andere Menschen auch, war ich über den bis dato beispiellosen Todesfall erschrocken.

Wer war diese Frau, die ihren Anblick scheinbar so sehr liebte, dass er sie letztlich das Leben gekostet hat? Was bringt einen Menschen dazu, sich immer wieder selbst fotografieren zu müssen? Welches unverzichtbare Vergnügen lag in dieser Tätigkeit?

Der Textteil dieses aktualisierten Bildbandes ist in zwei Teile gegliedert.

Der erste widmet sich den Schilderungen jener Menschen, die Janina Ast am besten kannten. Auf unserer Webseite finden Sie die Original-Videoaufnahmen der von mir durchgeführten Interviews.

Der zweite Teil besteht aus verbliebenen Mitschriften der Sitzungen mit Florian Kramer. Diesem zweiten Teil werde ich an gegebener Stelle noch ein paar Anmerkungen vorausschicken.

München, im September 2025
Margot Wilhelms

Paul Wachter liest das Vorwort dieses dicken Bandes mit solcher Neugier, als sei der Inhalt ihm gänzlich unbekannt. Dabei weiß er bereits alles, was Margot Wilhelms dort geschrieben hat. Nicht, weil sie jemals mit ihm über diese Arbeit gesprochen hätte, nachdem er nichts dazu beizusteuern wusste. Doch schließlich ist es ein recht allgemein gehaltenes Vorwort. Es holt die Menschen dort ab, wo sie sich bereits sicher fühlen. Er kannte nur noch nicht den genauen Wortlaut, in den es den Inhalt verpackt. Es hat ihn stets mit einer sonderbaren Zufriedenheit erfüllt, unterschiedliche Texte über dieselben Geschichten zu lesen. Meist handelt es sich um grausige, sensationelle Neuigkeiten, einen Mordfall oder einen spektakulären Banküberfall, denn über solche Geschehnisse schreiben gern die unterschiedlichsten Medien in ihren nuancenreichen Stilen journalistischer Berichterstattung und des sensationslüsternen Plauderns. Es bereitet ihm eine gewisse affirmative Freude, denselben ihm bekannten Inhalt in den Worten anderer aufs Neue zu erfahren. Manchmal enthält der eine oder andere Artikel nur eine winzige weitere Information. Paul Wachter betrachtet Geschichten gern aus allen Blickwinkeln. Nun hat er diesen dicken Bildband auf seinen alten Knien liegen, einen Bildband, der genau diesen Versuch unternimmt. Seine Finger ruhen auf Margots Ausführungen. Das Buch ist bereits vor dreiundzwanzig Jahren erschienen, aber aus irgendeinem Grund zögerte er damals, es sogleich zu lesen – als sei noch nicht die Zeit dafür. Und dann – wie es sich mit diesen Dingen häufig verhält – hatte er es für eine Weile in gewisser Weise vergessen. Es war ihm auf jene spezielle Weise entfallen, wie es manchmal bei einer noch zu tilgenden Schuld oder einem besonders anstrengenden, jedoch nicht zwingend notwendigen Vorhaben der Fall ist. Indem Wachter es unterließ, sich mit der Geschichte auseinanderzusetzen, wusste er, dass noch etwas auf ihn wartete. Jetzt aber, das spürt er, muss er die Texte lesen, ehe er dazu nicht mehr in der Lage sein wird.

Paul Wachter ist einundneunzig Jahre alt, und die Vorstellung, dass jeder Moment sein letzter sein könnte, erfüllt ihn weder mit Schrecken noch mit Vorfreude auf eine Erlösung, von der er sich ohnehin nicht sicher ist, ob sie für ihn eintreten wird. Besonders religiös ist er nie gewesen, das hat sich auch im Alter nicht geändert, und eine Erlösung vom irdischen Leben hat er sich auch nie ersehnt. Zwar hat er Schmerzen, aber er lebt gern. Und sie halten sich noch im Rahmen und erinnern ihn daran, *dass* er gern lebt. Als die Ärzte ihm mitteilten, wie stark erhöht seine BNP-Werte mittlerweile seien und dass sein Herz langsam seines Dienstes müde werde, verspürte er vor allem eine Dankbarkeit dafür, dass er von schlimmeren Schrecken des Alters bislang verschont worden war und sich nun allein mit dem Unvermeidlichen konfrontiert sah: nämlich, dass auch das Altern einmal zu Ende geht ... Dennoch wartet er auf die Ungläubigkeit, die Panik, die Angst – alles Regungen, von denen er meint, sie natürlicherweise verspüren zu müssen. Doch bislang fühlt er sich ruhig und gewiss. Vielleicht muss er den Tatsachen, dem schwindenden Ich, erst in die Augen sehen, ehe er sie fürchten kann.

Die Krankenschwester kommt herein. Er weiß ihren Namen nicht mehr, aber der erscheint ihm auch unwichtig. Es gibt niemanden, dem er noch von seinem Leben erzählt, niemanden, für den er diesen Namen gebrauchen könnte. Er wird sie nicht ansprechen. Sie sind einander alle ähnlich: jung (für ihn sind sie wahrlich *alle* jung), voller Energie und Tatendrang, bewegt von der schimmernden Freude, dass jeder Tag eine neue Chance biete. Für seine Beziehung zu einem Menschen benötigt Wachter mittlerweile nur noch die ihr innewohnende charakteristische Vertrautheit, die er mit einer Person verbindet. Das genügt. Er ist dankbar, dass ein Mensch sich noch um ihn kümmert. Er weiß von Wohnheimen, wo sie mittlerweile Roboter einsetzen. Da muss man sich natürlich den Namen merken. Sonst kommen sie auf Zuruf nicht, nur bei der Notfall-Taste oder bei »Alarm!«. Ihm graust es bei der Vorstellung, wie man dort liegt, einen Herzinfarkt erleidet und der Roboter zuerst schnell angesaust kommt, dann stehen bleibt, regungslos, ohne Mitgefühl, und deinen Körper nach seinem akuten Mangel scannt. Im Glücksfall stellt der Computer im Nu die richtige Diagnose und weiß sofort die erforderliche Hilfe. Hat man aber Pech, gibt es keine Hilfe mehr und man verstirbt allein, einzig mit einer androiden Box aus Blech als Zeugen, die das ganze Elend auch noch filmt.

Die namenlose, aber wegen ihres Mensch-Seins sehr geschätzte Krankenschwester bringt ihm also auf einem

Tablett sein Abendessen. Oder ist es das Mittagessen? Er betätigt eine Taste an seinem Bett, sodass die Rollladen hochfahren. Dann fällt ihm ein, dass die bloße Tatsache, dass die Rollladen noch unten sind, wohl anzeigt, dass es noch Morgen ist. Der Tag beginnt. Ist er mit dem Bildband in den Händen eingeschlafen? Gestern ist er endlich angekommen. Eine der wenigen Print-Ausgaben.

»Der Bella-Jolie-Band?« Die Schwester stellt sein Frühstückstablett neben ihm ab und schaut interessiert auf das wuchtige Objekt in seinem Schoß. »Meine Tante hat sich lange Zeit mit dem Fall beschäftigt. Meine Cousine hatte vor einigen Jahren einen schlimmen allergischen Schock. Wenn sie nicht Sekunden zuvor ein Foto von sich gepostet hätte, auf dem die ersten Symptome schon sichtbar waren, wäre vielleicht jede Hilfe zu spät gekommen! Davor hat meine Tante immer geschimpft, das gab ständig ein Riesentheater. Dass meine Cousine nicht so weitermachen könne mit den ganzen Fotos, *sonst werde sie noch eine Bella Jolie*!«

Die Schwester lacht amüsiert, hört aber schlagartig auf, als sie sieht, dass Wachter dies ganz und gar nicht witzig findet.

»Verzeihung«, murmelt sie rasch. »Gab es in Ihrer Familie ... Ich meine, es geht mich nichts an, ich wollte nur nicht –«

»Nein«, entgegnet Wachter trocken. »Bei uns gab es nur die herkömmlichen Abhängigkeiten. Alkohol, Liebe ...«

Sie lacht etwas nervös, denn sie ist sich nicht sicher, ob er lustig sein will. »Wissen Sie, ich dachte nur, wegen

Ihrer *Angewohnheit*. Dann wäre es natürlich selbstverständlich, wenn Sie, nun, etwas empfindlich, also ... Wie geht es uns denn heute?«, wechselt sie eilig das Thema.

»Mir geht es gut«, erwidert Wachter. »Wie es Ihnen geht, weiß ich nicht.«

Die Krankenschwester sagt nicht mehr viel, nur noch, dass sie nachher die neuen Tabletten bringe, dass sie vor dem Abendessen einen Spielfilm im Gemeinschaftsraum zeigen werden, dass sie gerne seine VR-Brille noch putzen und ihn nachher abholen werde. Er versteht den Sinn dieses Gemeinschaftsraums bei einer immersiven Filmvorführung nicht, doch angeblich soll es sehr wohl einen Unterschied machen, ob ein Film im tatsächlichen Raum gemeinsam erlebt wird oder nicht; das weiß er, sie haben es ihm erklärt, es leuchtet ihm aber nicht ein.

Als die Schwester fort ist, fühlt Wachter sich ein wenig mies. Ihn beschleicht das unangenehme Gefühl, möglicherweise unfreundlich gewesen zu sein. Die Unfreundlichkeit entwischt seinen Lippen manchmal wie ein etwas muffliger Atem, der sich aufgestaut hat und, auf seinen Auftritt lauernd, an seinen Gaumen geklammert hält, um dann, kaum dass Wachter zu einem der wenigen Momente, an denen er mit jemandem spricht, den Mund öffnet, ihm ungezügelt aus der Klappe zu entwischen.

Im nächsten Augenblick hat er diese Sorge vergessen. Er schlägt den Bildband auf. Neben Fotos (vielen Fotos von Bella Jolie, absurd vielen Fotos) und Abschriften von Interviews enthält er Links mit Passwörtern, unter denen er sich Ton- und Bildaufnahmen ebendieser Gespräche in einem Internetportal ansehen kann. Doch bevor er sich anschaut, wie ihre Weggefährten Bella Jolie erlebt haben und was ihre Störung nach Ansicht dieser ihm Fremden ausgemacht hat, möchte er sich seine eigene, erste und einzige Begegnung mit ihr ins Gedächtnis zurückrufen. Einzelne dieser Bilder sind über die Jahre immer wieder in seinem Gedächtnis aufgeflackert, mal sind sie diffus bedrohlich und nahezu formlos, mal einschneidend wie Schnappschüsse, die sich wie von selbst brutal, gleich einer aufgezwungenen Diashow, vor sein inneres Auge rammen. Jetzt will er diese Tür zu seiner Erinnerung ein Stück weit öffnen. Kein anderer Eindruck soll diesen seinen eigenen überschreiben dürfen.

Der Vermieter

Paul.

In sich zusammengesunken, lehnt die junge Frau auf dem Dielenboden an der Wand, wie ein dünnes Stück Stoff, das eine Weile im Wind getanzt und sich nun endgültig hinabgesenkt hat. Wie eine Marionette, der mitten im Spiel die Fäden abgeschnitten worden sind. Kein Leben pulsiert mehr in ihr. Kein Zittern. Kein Hauch von einer Haltung. Das Haar ist vor ihr Gesicht gefallen wie ein Vorhang. Es ist honigblond, goldbraun. Strähnig und fettig hängt es von ihrem Kopf herunter. Schuppen haben sich in ihm eingenistet. Er weiß, dass sie schön ist, bevor er ihr Gesicht zu sehen bekommt. Beinahe ist es so, als könne er es ihrem Kopf ansehen. Oder den blassen Armen, die leblos von den Schultern hängen. Die fragilen Finger, von denen manche noch sanft das Gerät berühren, das sie in der Hand hält. Es ist kein Revolver. Es ist dasselbe Gerät, das auch er vorm Schlafengehen zu Rate zieht. Und auch jeden Morgen, um das Wetter zu erfahren, und die Nachrichten aus der Nacht. Der Körper, der das Handy im Schoß fürsorglich umschließt wie eine Mutter ihr Kind, ist spindeldürr. Nichts hält ihn mehr.

So erinnert er sich an das erste Mal, als er sie sah. Es war das beste und somit für ihn das originäre Bild ihrer Statur und ihres Gesichtes. Mit den vielen publik gemachten Selbstfotografien von ihr konnte er nichts anfangen. Die abertausenden öffentlichen Fotos. Und die wenigen – aber dafür sehr bekannten –, welche die Medien immer wieder zeigen würden. Auf Titelbildern ihrer Blätter. Als Bilder ihrer Blogbeiträge. Als Illustration eines Artikels in einem Schulbuch. Die junge Frau und ihr forschender, fragender Blick in die Kamera, die zu ihrem täglichen Spiegel geworden war. Warum sie genau diese drei, vier bekannten Fotos immer wieder wählten, war ihm unklar. Es waren Fotos, auf denen sie lächelte. Dabei tat sie das auf den meisten Porträts nicht. Jedes Kind hätte sie auf einem dieser Fotos erkannt, aber auf anderen wäre sie im ersten Moment eine völlig Fremde geblieben. Nur ein anderer von viel zu vielen Menschen. Auf den bekannten Bildern ist sie Bella Jolie, *die* Bella Jolie. Die Menschen mögen wohl Wiederholungen. Sie mögen das Wiedererkennen. Es gibt ihnen das Gefühl, über ein Wissen der Abläufe zu verfügen. Dieses Wissen lässt sie glauben, sie hätten der Nichtplanbarkeit des Lebens etwas Unumstößliches entgegenzusetzen. Als könnten sie nicht so schnell überrascht werden. Natürlich ist so ein Foto in der Illustrierten keine Wissenschaft. Aber zweifelsohne versuchen sie es zu einer zu machen. Es gibt in dieser medial überfluteten Welt irgendwo noch ein Gespür für eine gemeinsame Heimat im Vertrauten, auch wenn sie aus denselben Posen und Possen besteht. Also immer wieder dieselben Bilder der Bella Jolie.

Vor der Ikonographie dahinter graust es ihm. Für ihn war dies das erste Bild: das leblose Mädchen auf dem verstaubten Fußboden, der erste Eindruck, der sich unwiderruflich in ihn brannte. Leblos, leblos, wunderschön. Ein Dornröschen, das nie auf einen Prinzen gewartet hat. Eine junge Frau, eigentlich. So, wie sie da lag, eher ein Mädchen. Für immer ein Mädchen. Wie sagt man? Nur Tote bleiben ewig jung.

Der Vater hatte angerufen, ganz aufgelöst, ja, man muss schon sagen: hysterisch. Dass man umgehend in dieser Wohnung nachschauen müsse! Hinterhaus, dritte Etage rechts, *Sie erinnern sich doch sicher an meine Tochter*. Er müsse sofort dahin, dies sei ein Notfall, er müsse nachsehen, ob die Mieterin in dem Objekt anzutreffen sei. Die Mutter sorge sich so fürchterlich. (Das klang nach einem Vorwand zur Relativierung der eigenen Panik.) Seit Wochen sei die Tochter verschwunden! Ja, er wisse, dass sie erwachsen sei, er sei schließlich *der Vater* (dies war ein Wort, dessen Wirkmacht er anscheinend nicht ausreichend zur Kenntnis genommen sah). Nein, sie hätten mittlerweile keinen persönlichen Kontakt mehr. Nein, das liege nicht daran, dass es einen Streit gegeben hätte. Das Verhältnis sei sehr innig. Nicht unproblematisch, zugegeben, aber innig. Es liege daran, dass *niemand* mehr persönlichen Kontakt zu seiner Tochter habe. Ob er keinen Zweitschlüssel habe? Ja, es habe Lebenszeichen gegeben, die Tochter veröffentliche noch Fotos. Nein, der Account könne nicht gehackt sein, die Fotos zeigten sie selbst! Vor einiger Zeit noch mehrmals am Tag! Der Schlüssel, hat er keinen Schlüssel? Ihr Gesicht, immerzu ihr Gesicht! Und meistens ein wenig Hintergrund. Aber immer weniger, immer weniger davon. Die Enge des Zooms macht sich breit. Trotzdem: ein bisschen Hintergrund. Auch wenn dieser sich in den letzten Wochen nicht verändert hat. Eine weiße Wand. Raufasertapete. Zu Hilfe doch, es muss jemand sofort nachschauen! Nach den Fotos zu urteilen, scheine das Töchterchen die Räumlichkeiten in den letzten Wochen nicht mehr gewechselt zu haben. Mehr wisse man doch auch nicht. Nur so viel: Es war, als habe er als Vater durch die Bilder an ihrem Leben teilhaben können, und doch war sie zum Geist geworden, aber immerhin zu einem mitteilsamen, regulär einkehrenden Geist. Aber seit dreiundsiebzig Stunden, seit dreiundsiebzig gab es kein neues Foto mehr. Das war zu lang, viel zu lang. Das war undenkbar. Damit galt Janina Ast als vermisst.

Auf sein Klingeln und Klopfen reagierte sie natürlich nicht mehr.

Rückblickend wünschte er sich damals, er wäre ihr vorher schon einmal persönlich begegnet. Oder er wäre ihr überhaupt einmal *begegnet*. Bei Toten lässt sich wahrscheinlich nicht mehr von Begegnungen sprechen. Er wünschte also, er hätte sie einmal lebendig erlebt, als Persönlichkeit mit Ausstrahlung und Aura. Oder zumindest vorher einmal gesehen, einen Organismus, durch den das Leben pulsiert, mit warmer Haut und charakteristischer Haltung. Dann, findet er, könnte er behaupten – wie es so viele schwer getroffen nach dem Ableben eines Menschen tun –, dass er sie gekannt habe. *(Und dass sie ein wunderbarer Mensch war, ein wunderbarer Mensch! Viel zu früh von uns gegangen. Welch eine Tragödie. Doch, nun, wenn man so darüber nachdenkt ... ein bisschen seltsam war sie doch, nicht wahr, ein bisschen seltsam?)*

Aber er hatte nur zweimal mit ihr telefoniert: einmal, als sie eine kurze Nachfrage bezüglich der Internetverbindung in der Wohnung hatte – Kabelanschluss oder WiFi? –, und einmal, als sie den Stromzähler suchte.

Ansonsten hatten sie alles auf dem elektronischen Wege geregelt: die Anfrage, die Zusendung der Unterlagen, Einkommensnachweise, Mietschuldenfreiheitsbescheinigung, Schufa-Auskunft, Personalien, Vertrag und Leistung der Unterschrift, all das. Weil er zu dem Zeitpunkt selbst nicht in der Gegend war, hatte die Schlüsselübergabe eine mit Vollmacht ausgestattete Bekannte für ihn übernommen. Natürlich wusste er nicht, dass Fräulein Ast die Arbeitsstelle als studentische Hilfskraft bereits gekündigt worden war. Ihre Dokumente hatten ihm aber auch keinerlei Anlass zu Misstrauen gegeben, oder dazu, irgendwelche Nachforschungen anzustellen. Auf den ersten Blick präsentierte sich ihm (dem Papier nach, ein Foto hatte sie nicht beigelegt) der vertrauenswürdige Durchschnitt unter den Überdurchschnittlichen. Recht jung, mit sehr überzeugender elterlicher Bürgschaft, Single, nicht weiter auffällig.

Auch sonst hörte er, mit Ausnahme dieser zwei kurzen Telefonate, nichts mehr von ihr. Nein, er hat sie nicht gekannt und weiß nichts über sie. Auskunft kann er nicht geben. Sie war aus dem Süden hergezogen – dabei sollte er sagen, dass alles unterhalb von Juist für ihn zum Süden zählt –, und danach gab es keine Meldung mehr. Von ihr nicht und auch von den Nachbarn nicht. Das befand er für ein gutes Zeichen. Zumindest, das kann man nun sagen, hat diese wohlerzogene junge Frau zu Lebzeiten niemandem jemals Probleme bereitet.

*

In seiner linken Brust schmerzt ihn etwas, ein unangenehmes Ziehen, womöglich das Herz. Das beunruhigt ihn nicht weiter, doch es hält ihn davon ab, sich auf das Material zu konzentrieren. Je tiefer er einatmet, desto unangenehmer spürt er es. Vielleicht doch nur ein eingeklemmter Muskel. Das Buch liegt auf seinem Schoß. Die Größe überrascht ihn noch immer: ein opulenter Bildband mit unendlich vielen Fotos, von denen die meisten ihn langweilen, zeigen sie doch immer wieder dasselbe Gesicht, das in der Zeit zwischen diesen Fotos offenbar zu wenig Erfahrung sammelte, um einen neuen Ausdruck zu finden. Ihn interessieren vielmehr die Videos und Abschriften der Gespräche, die in ihnen gezeigt werden. Margot Wilhelms war in ihrem unerschöpflichen journalistischen Eifer und ausgestattet mit ihrer Kamera von Wohnung zu Wohnung marschiert, um Wegbegleiter Bella Jolies zu der verlorenen Freundin und Tochter zu befragen. Immerhin, es sollte tatsächlich ihr größter und lang erarbeiteter kommerzieller Erfolg werden, und er hat sich ehrlich für sie darüber gefreut. Wachter vertieft sich in Texte und Bilder und ordnet sie zunächst in willkürlicher Reihenfolge an, so, wie es sich für ein richtiges Puzzle gehört. Es sprechen in separaten Wohnungen und separaten Erinnerungen die als »beste« betitelte

Freundin Tamara Markow und die Mutter Renate Ast. Die Kamera zeigt sie in einer Halbtotale und zoomt immer wieder amateurhaft ganz nah an die Gesichter, sobald sich Emotionen in ihnen regen. Mit ihrer feurigen und motivierten Art, ihrem Bestreben, innovativen und investigativen Journalismus zu betreiben, war Margot eine gewitzte und ausdauernde Fragestellerin und eine mittelprächtige Autorin, aber für die dokumentarische Schönheit, die sich erst durch die Zurückhaltung der Kameralinse entfalten kann, fehlte ihr das Gespür.

Als die Schwester wenig später in sein Zimmer kommt, um ihn für die Filmvorführung abzuholen, ist er in einen Schlaf gefallen, aus dem auch ihr unsanftes Klopfen an die Schranktür ihn nicht holt. Das bringt die junge Frau in eine befangene Lage: Es behagt ihr ganz und gar nicht, für einen der Bewohner entscheiden zu müssen, ob er die gemeinschaftliche Aktivität nun verpasst oder nicht, indem sie ihn entweder aufweckt oder es unterlässt. Weckt sie ihn aber, um ihn darauf hinzuweisen, könnte er ungehalten werden. Sie will es dennoch versuchen. Er wird wütend, aber nicht richtig wach, ruft *Nein, nein, nein!*, schlägt um sich und murmelt wirres Zeug mit klarer Stimme, murmelt auf uneindeutige, aber phonetisch unmissverständliche Weise: *Eine Schönheit wie ein grauer Wasserfall im November bei zwei Grad Celsius, wie ein grauer Wasserfall im November, gerade überm Gefrierpunkt! Schön, schön, schön sind alle deine Augen!*

Wortlos und ohne den Ausfall persönlich nehmen zu müssen, zieht die Schwester sich zurück.

Die beste Freundin

Tamara.

Ehrlich gesagt, manchmal verstehe ich dieses ganze Brimborium nicht. Dieses Interesse an ihrer Persönlichkeit. Man könnte meinen, sie hätte Leute abgeschlachtet. Hat sie ja nicht. Sie hat etwas getan, was mittlerweile die meisten Menschen tun. Manche schämen sich, aber fast alle tun es – und sie hat damit übertrieben. Es heißt, ein Mensch, sie, sei nachweislich daran verstorben. Dabei ist auch das natürlich Schwachsinn. So können Sie das nicht stehen lassen. Sie ist letztlich nicht anders gestorben als jemand, der völlig überarbeitet tot zusammenklappt. Ihr braucht gar nicht so zu tun, als würden aus dem Gerät Kügelchen schießen, die uns den Garaus machen.

Und jetzt? Klar ist es schlimm. Es ist sogar richtig beschissen und es tut unfassbar weh. Sie und ich waren jahrelang engste Freundinnen, und manchmal fang ich aus dem Nichts an zu flennen und kann nicht, kann nicht stoppen, kann die Tränen nicht stoppen – aber was geht euch meine private Trauer an? Was interessieren sich die Journale und TV-Reportagen, Promi-Magazine, Uniprofessoren und Haste-nicht-gesehen für Janina? Was fragt ihr *mich*?

Ihr habt doch diese Sitzungsprotokolle, wenn man das überhaupt so nennen kann, von ihr und ihrem

Psycho-Doktor. Übrigens, mit dem fing das Unheil erst an. Ich habe ihr abgeraten, sich auf den einzulassen. Hab ihr geraten, eine richtige Behandlung zu machen. Eine systemische Therapie, oder noch besser eine Verhaltenstherapie. Da war sie stinksauer. War ja der Meinung, dass sie kein Problem habe. War aber stets extrem gereizt, wenn sie nur darauf angesprochen wurde. Sie fand die Therapie hingegen angeblich einfach nur lustig ... *amüsant*, das hat sie, glaube ich, gesagt, ja genau, *amüsant*, dass dieser Kerl so viel Interesse an ihr zeige. Er *unterhalte* sie *prima*, das meinte sie noch. Er habe *viel Geist* und sei total *komisch*. Da habe ich ihr zugestimmt, aber ich meinte dabei komisch wie seltsam, nicht komisch wie lustig.

Was wissen Sie über Florian Kramer? Zu dumm, dass Sie ihn nicht mehr befragen können. Wenn Sie mich fragen, hat der sich selbst angezündet. Versehentlich. Das trau ich ihm zu. Bin ihm aber nur einmal persönlich begegnet. In der Stadt, als Janina und ich unterwegs waren und ein paar Einkäufe erledigt haben, wie so häufig. Es war eine unserer letzten gemeinsamen Unternehmungen. Da ist er plötzlich aufgetaucht, wir saßen gerade am Main und haben Frozen Yoghurt gegessen – sie mit Beeren und Bananen, ich mit Keksstücken und Karamellsauce. Sie trug an diesem Tag eine beigefarbene Bluse, die dazu einen wunderschönen Kontrast gegeben hat. Das sah bei dem fantastischen Wetter an dem Tag einfach aus wie aus einer abnormal gelungenen Werbung, in der einfach alles zusammenpasst … einfach ... einfach p-p-perfekt ...

Ist ja auch egal, Entschuldigung, diese Erinnerung kam mir gerade nur hoch, ich ... puh ... haben Sie vielleicht ein Taschentuch oder ... danke ... […] schon gut, es geht schon wieder, es geht schon ... Jedenfalls ... jedenfalls habe ich gleich gemerkt, dass der nicht mehr alle Latten am Zaun hat. Wir saßen gerade am Main mit unserem Eis, und plötzlich stand er da und hat so getan, als wärs ein Zufall.

- ACH, du auch hier! Dich kenne ich doch von instagreet! -

Sie kennen doch diese Nummer. Wir hatten uns gerade mal zwanzig Minuten vorher in dem Café online eingecheckt. Ich habe mal nachgesehen, wie weit entfernt das von seiner privaten Adresse ist. Ist ja dieselbe wie die seiner »Praxis«. Kommt zeitlich jedenfalls hin. Letztlich hat er Janina davon überzeugen können, diese Sitzungen mit ihm zu machen. Er forsche an *interessanten* Persönlichkeiten, meinte er. Hat ihr natürlich irrsinnig geschmeichelt, hätte sie aber nie zugegeben.

Die »Selfie-Sucht« – so hat er es damals schon ganz ernsthaft genannt – »unserer Generation« sei medizinisch relevant und er habe ein großes Erkenntnisinteresse daran. Dabei war er gar kein richtiger Arzt. Hat abgebrochen – Entschuldigung – *unterbrochen*, wie er, und später auch Janina, diesen angeblich so strategisch klugen Karriereschritt nannte, um auf eigene Faust über Gespräche und Fallbeispiele Theorien zu entwickeln. Ich find' das ziemlich dilettantisch, aber Janina war ganz begeistert, dass er sie zu einem seiner Fälle machen wollte. *Die Blendefrau* wollte er sie nennen. Natürlich wusste er damals noch nicht, wie berühmt sie werden würde. Dass er so einen anonymen Code-Namen nicht mehr brauchen würde. Dass sie sich selbst einen geben würde. Oder dass er sowieso nicht mehr lang zu leben hatte. Wenn ich sage, dass mit ihm das ganze Unheil erst anfing, dann meine ich damit, dass Janina zwar vorher schon ein paar Schlieren auf der Spule hatte, dass sie definitiv irgendeinem Zwang unterlag, sich ständig selbst zu fotografieren, aber dass es *so schlimm* wurde, das habe ich nicht kommen sehen. Dieser Grad des Desaströsen wurde durch das Interesse an ihrer Persönlichkeit überhaupt erst erwirkt, diese Idee hat erst der Pseudo-Doktor ihr eingepflanzt, und diese Idee hat Wurzeln geschlagen und schlimme Früchte getragen. Die Gerüchte, dass die beiden was miteinander hatten, glaube ich nicht. Das ist nichts als seine kranke Fan-Fiction.

Wie auch immer. Was fragt ihr uns, *wer sie war*? Was für eine naive Frage ist das bitte? Wie soll ich das über jemand anderen beantworten, wenn ich das kaum für mich selbst kann? Aber so macht ihr das. Wenn irgendjemand etwas Ungeheuerliches angestellt hat, dann stapft ihr los und fragt die Nachbarn. Habt ihr auch diesmal gemacht, hab ich mitbekommen. Ihre Nachbarn von der Inselwohnung. Haha! Glaubt ihr etwa, die haben sie jemals kennen gelernt? Zu dem Zeitpunkt hat sie das Haus doch quasi gar nicht mehr verlassen. Na, dann würde ich auch sagen, dass sie ja immer so reizend und nett war! Weil sie mal geholfen hat, den Kinderwagen hochzutragen, als der Aufzug kaputt war und sie noch nicht zu schwach dafür. Weil sie immer lieb gegrüßt hat! Meine Fresse.

Falls es das ist, was Sie hören wollen, kann ich Ihnen natürlich bestätigen, dass Janina nicht der Engel war, zu dem diese Pseudo-Freunde sie machen. Manchmal war sie sogar ein richtiges Biest. Nicht immer die Ehrlichste. Ein Mensch, der Prioritäten abwägte, und wenn du dich auf der falschen Seite der Wippe befunden hast, dann musstest du selber sehen, wo du bliebst. Tschüdelüüü! (Das ist eine fröhlichere Variante für ein schroffes TSCHÜSS.) *Aber das musst du doch jetzt bitte nicht persönlich nehmen. Das hat nichts mit dir als Mensch zu tun!*

Janina hatte die herausragende Gabe, dich unfassbar schnell auf 180 zu bringen, aber sie war noch begabter darin, dich wieder für sich zurückzugewinnen. Ich glaube, sie ist die abstoßendste und charmanteste Persönlichkeit, die mir je begegnet ist. Und ich vermisse sie jeden Tag.

*

Wachter schaltet das Video aus, drei Sekunden bevor es sich selbst beenden würde. Ein zweites von Tamara Markow findet sich auf dem Portal, wie er in dem Menü erkennt. Manche Wegbegleiter wurden mehrfach befragt. Wer hatte das entschieden? Wer erhielt mehr Sprechzeit? Jene, die sie wirklich besser kannten, oder jene, die sich lieber reden hören? Margot war stets auf der Suche nach den lauten Geschichten. Das gab den Schwätzern mehr Raum, oder den Tagträumenden, die sich Zuhörer suchten. Draußen trommelt sanfter Regen auf die Straßen und Dächer. Wann hat er das letzte Mal Regen auf seiner Haut gespürt? Regen, nicht Duschkopf-Geplätscher. Das Nass, das aus dem Himmel über die Welt hereinbricht. Aus der Natur, die ihr Zelt über alle Landschaft spannt, die wir unsere Erde nennen. Die sogenannte höhere Gewalt. Nein, von dieser höheren Gewalt wird er ferngehalten. Als ließe sich in einem Bunker aus Beton das Niedere vor dem Höheren verstecken. Sonne bekommt er öfter zu spüren, obgleich er dennoch einen chronischen Vitamin-D-Mangel aufweist. Das zeigt der Universal-Scan ihm regelmäßig an. An Tagen mit schönem Wetter kommt es öfter vor, dass einige von ihnen für ein paar Stunden rausgehen. Manchmal machen sie einen gemeinsamen Ausflug auf eine Wiese oder ein Schiff. Wachter freut sich dann und redet mit keinem. Aber geregnet hat es an diesen Tagen nicht, und niemals kam jemand auf die Idee, ihn bei grauem Himmel und fallenden Tropfen zu fragen, ob er davon etwas mitbekommen wolle. Wachter hat eine Sehnsucht nach etwas, was sich am besten als das ungeformt Haptische beschreiben lässt. In den schützenden Räumen des Wohnheims ist alles glatt und trocken. Die Dinge sind gelackt und gut verarbeitet, kantig und wuchtig. Alles fügt sich so, wie es sich gehört, alles ist hart und handfest, zeigt sich aus tiefer Überzeugung materiell. Nur sein Kissen ist weich und nachgiebig, aber nicht wie ein Wassertropfen, der aus dem Himmel fällt. Und so fragt er sich, als auch an diesem grauen Nachmittag die Klänge des leichten Regens in seinem Zimmer vernehmbar sind und er sich dafür bereit macht, die weiteren Videos anzusehen, ob er jemals wieder spüren soll, wie echte Regentropfen sich in seinem Haar ein feuchtes Nest schaffen.

Die Mutter

Renate.

Als Janina noch ein Kind war, gehörte sie zu den nachdenklichen Kindern, denen eine gesunde Stille häufig als Laster angekreidet wird. Sie sprach nicht viel und zeigte einen eher gering ausgeprägten Bewegungsdrang. Das bedeutete nicht, dass sie den ganzen Tag wie eine in Stein gemeißelte Statue auf ihrem Platz verweilte oder sich ungehalten einer lethargischen Natur hingab, aber es war eben auch nicht so, dass sie sich mit größter Freude den anderen Kindern, die vergnügt kreischend und tobend über den Platz jagten, angeschlossen hätte. Viel lieber rannte sie allein, zuhause im Garten, sich ungestüm von links nach rechts wendend und die Laufrichtung ändernd, und sah dabei niemals so aus, als sei sie allein. Sie interessierte sich nicht sonderlich für die anderen Kinder als Personen, aber für ihre Tätigkeit, ihr Aussehen und all das, was sie im aktuellen Moment taten. Zum Beispiel hätte sie gesagt, dass sie einen blauen Strickpullover besonders schön finde, oder den Stoff eines Haargummis in der Frisur eines anderen Mädchens. Zu Beginn, müssen Sie wissen, da sorgte ich mich einfach, dass mein Kind, nun, vielleicht *etwas materialistisch* veranlagt sei, verstehen Sie. Auch wenn gegen einen frühen Sinn für Mode ja nichts spricht. Aber dann begann sie andere Dinge zu sagen, eher

eine feine Linie, die uns unüberbrückbar trennt

Sonderbares, aber gleichwohl auch Schönes. Ja, genau so lässt es sich am besten ausdrücken: sonderbar und schön, so wie sie. Etwa: *Wenn Lara läuft und springt und ihr Fuß kurz in der Luft ist, dann ist das schön.* Oder: *Ich mag es, wenn Tobias seinen Reißverschluss zuzieht. Schau mal – da!* Und wenn ich sie dann gefragt hätte: *Na, wenn du den Tobias so nett findest, magst du ihn dann nicht zu deinem Geburtstag nächstes Wochenende einladen?*, dann hätte sie mich nur mit großen Augen angeschaut, ganz plötzlich mit diesem unschuldig irritierten Ausdruck, als hätte ich in einer fremden Sprache gesprochen. Als wollte sie mich fragen, wie sich die Bewegung eines sich schließenden Reißverschlusses denn zum Geburtstag einladen lasse.

Ich habe damals einfach akzeptiert, dass wir uns teilweise in verschiedenen Lebenswelten bewegen. Dass sie manches wahrnahm, was ich nicht sah. Dass ich manches sagte, was sie nicht verstand. Ich dachte mir, das liegt eben in der Natur der Dinge. Dass die Lebenswelten von Erwachsenen und von Kindern sich zwar ähneln, aber es trotzdem eine feine Linie gibt, die uns unüberbrückbar trennt. Mein Mantra war damals: Unser Gehirn funktioniert ähnlich, aber unser Geist bewegt sich entlang anderer Energien. Eine Linie, deren Überschreitung nur Verwirrung und im schlimmsten Fall Streit stiftet. Streit, den ich nicht wollte. Sie müssen wissen, Janina war ja mein erstes und einziges Kind, und ich hatte vorher nie viel mit Kindern am Hut; war mir ehrlich gesagt nie ganz sicher, ob ich überhaupt welche wollte, auch dann nicht, als sie schon da war. Also war ihr Verhalten zwar rätselhaft, aber es war so vieles andere auch rätselhaft. Es war rätselhaft, wie so ein kleiner Mensch aus einer Zelle in meinen Eierstöcken entstanden war. Aus einer Zelle, die ich selbst schon seit meiner eigenen Geburt in mir trug und der mein Mann halt seinen Schuss hinzugab. Wie sie über Monate gewachsen war, schließlich unter Höllenqualen aus mir rausgepresst wurde, einen und dann tausende laute Schreie tat, meine Sprache lernte und immerzu *Mama* zu mir sagte. Ständig wollte sie was, als sei ich Gott und könne ihr die Welt erklären: *Mama, Mama, Mama!* Ich glaube, ich hatte dieses Wort vorher nie ganz verstanden. Ich versteh es immer noch nicht. Jetzt bin ich das, was ich nie verstanden habe, schon nicht mehr – oder bin ich es noch? Ja, ich fühle, ich bin es noch. Jetzt habe ich ein Kind, das nicht mehr sterben kann. Ich hätte mehr als 29 Jahre gebraucht. Ich hätte ein ganzes Leben gebraucht.

Zumindest kann man wohl sagen, dass Janina bis zum Einsetzen ihrer Pubertät ein ziemlich sonderbares Mädchen war. Sie sprach kaum, dafür starrte sie viel. Grundsätzlich war sie passiv, aber sie konnte unheimlich stark reagieren. Da glaube man nicht, dass Passivität mit Ruhe gleichzusetzen wäre. Nein, sie war einfach eine geistige Absorptionsmaschine, mit aller Härte und Vehemenz. Und dann hatte sie ihre Emotionen nicht gut unter Kontrolle. Zum Beispiel, wenn ich den Fernseher ausmachte, wenn sie sich gerade etwas anschaute. Oder das Radio. Wenn ich sie von dem Pinguin-Gitter am Zoo weggezogen habe, weil wir weitermussten. Dann war es fast so, als hätte sie in all der vorangegangenen Zeit des Schweigens genug Stimmvolumen gesammelt, um es voll verärgerter Inbrunst in die Welt zu schreien. Ich sag Ihnen, da sind Ihnen die Ohren abgeplatzt. Diese unermüdliche Energie hat sich wirklich unvorteilhaft zum Einsatz gebracht. In solchen Momenten fiel es mir manchmal schwer, aber ich habe meine Tochter nie geschlagen. Vielleicht mal eine sanftere Ohrfeige, na gut, oder zwei. So einen leichten Klatscher auf die Pausbacke. Oder einen Kniff ans Ohr. Oder sie einfach mal für eine halbe Stunde vor die Tür gesetzt. Da brauchen Sie mich jetzt gar nicht so anzugucken. Hat eh nichts gebracht. Die konnte eine Fußmatte anstarren, als spiele sich darin der Disney Channel ab. Oder die Apokalypse. Wer weiß das schon – ihr Gesicht hätte es Ihnen nicht verraten.

Auf manche ruckartigen Veränderungen reagierte Janina, als ginge nun die Welt unter. Ich habe nie ein Muster darin erkannt. Sie danach fragen, konnte man auch vergessen. Meistens kam als Antwort dann nur Nein-Nein-Nein! Dann riss sie sich Haare aus, ganze Büschel, oder hämmerte ihre kleinen Fäustchen blutig. Kein Witz. Also, blutige Schrammen, keine offenen Wunden. Aber trotzdem. Deshalb nannte ihr Vater, ganz begeistert von dieser widerständigen Energie, sie auch völlig verblendet sein freches No-No-Girl. Aber frech war Janina eigentlich nicht. Meistens apathisch.

In der Regel wollen die Leute wissen – und ich meine jetzt die Sorte von Leuten, die sich *alles* zu fragen trauen, die gar kein Problem damit haben, dir entgegenzutreten und sich nach Sachverhalten zu erkunden, welche die meisten als indiskret verbuchen würden – meistens wollen sie wissen, ob meine Tochter schon immer so »selbstbezogen« gewesen sei. Da weiß ich manchmal nicht, was das überhaupt heißen soll. In ihren ersten Jahren war sie auf nichts bezogen und auf alles fixiert. Später, als sie älter wurde, da wurde sie unglaublich anstrengend, voller Allüren und Lifestyle-Dogmen. Da weiß ich wirklich nicht, was in diesem Kopf vorging. Da musste immer alles ganz genau so sein, wie sie es geplant hatte, aber weiter als einen Tag planen konnte sie auch nicht, es sei denn, es handelte sich um irgendein *Event*, wie ihren fünfundzwanzigsten Geburtstag, die Bilder kennen Sie ja. Absurd. Wenn ich mich von meinem Mann nicht schon getrennt hätte, dann hätte ich es spätestens dann getan, als er so viel Kohle dafür verprasste. Das Kind soll erst mal selbst erkennen, dass es keins mehr ist, und eigenes Geld verdienen!

Ich kann Ihnen nichts dazu sagen, was den Wahrheitsgehalt dieser angeblichen Therapiesitzungen betrifft. Janina hat diesen Mann definitiv getroffen, ja. Aber inwieweit mir diese Dokumente realistisch erscheinen ... wissen Sie, selbst wenn es nur ein Fantasieprodukt ist, erkenne ich meine Tochter in diesen Zeilen, und dann macht es vielleicht gar nicht so einen großen Unterschied, ob es tatsächlich so war, wenn es ja eindeutig so hätte sein können.

Nur im letzten Jahr habe ich sie kaum wiedererkannt. Sie war wieder die stille Beobachterin, die all dieses Beobachten nun nach innen gekehrt hatte. Sie war wie ausgewechselt. Am Anfang – also damals, als sie noch

Kontakte pflegte – hat sie Fotos gemacht, um die Motive mit anderen zu teilen. Später nicht mehr. Später waren die anderen wieder egal. Da kam kaum noch was. War sie damit die erwachsene Version ihres früheren Ichs? Keine Ahnung.

Jedenfalls, wenn Sie mich jetzt so fragen, ob Janinas Verhalten als Kind auffällig war, dann kann ich Ihnen im Lichtkegel der hier durchgeführten Untersuchung nur sagen: Ganz gewiss.

Aber wenn Sie nachts überfallen werden, von dem Mann, der im Dunkeln auf Sie zukam, dann ist es leicht, hinterher zu sagen, dass er Ihnen gleich gruselig erschien. Dass Sie sofort ein unangenehmes Bauchgefühl verspürten und Ihnen der andere nicht ganz geheuer war. Dann aber frage ich Sie: Warum haben Sie die Straßenseite nicht gewechselt?

*

Der Regen hat sich gelegt, aber er wird wiederkommen. Die Wolken haben sich nicht verzogen, seit Tagen nicht. Paul Wachter betätigt die Spülung seiner Toilette. Er war über dem Band eingeschlafen, ein sanfter und zugleich stürzender Übergang: In den Schlaf war er hineingefallen, ohne zuvor Müdigkeit verspürt zu haben. Das passiert ihm öfter in letzter Zeit. Sein Harndrang hat ihn geweckt, glücklicherweise rechtzeitig. Er hält sich am Waschbecken fest und sucht kurz Halt, ehe er den Wasserhahn betätigt. Selten nur noch geht sein Blick nach oben und trifft auf die dichten Streifen dunklen

Isolierbands, unter deren zähem Stoff der quadratische Spiegel angebracht ist, wie er sich so häufig über Waschbecken findet. Nachdem er sich daran gewöhnt hat, dass es dort nichts mehr zu sehen gibt, wandert sein Blick nicht mehr automatisch nach oben, was sich insbesondere dann als gutes Training erweist, wenn der Besuch öffentlicher Toiletten unvermeidbar ist. Dann hält er den Blick ins Waschbecken gesenkt, ertastet die Papierhandtücher, ohne den Kopf zu heben. Glücklicherweise ist dies nur sehr selten eine Herausforderung, und mit zunehmendem Alter immer weniger. Mittlerweile, denkt er belustigt, reicht es vielleicht beinahe, die Brille abzunehmen.

Als er die Toilette verlässt, steht schon wieder eine Schwester in seinem Raum. Eigentlich ist er empört darüber: scheint es doch, dass sie sich ungehobelt einfach hereinschleicht und ihm auflauert. Doch ein Teil von ihm ist sich nicht sicher, ob sie nicht vielleicht mehrfach geklopft und seinen Namen gerufen hat, ob er sie einfach nicht gehört hat. Vielleicht ist es Sorge, die sie nun mitten im schmalen Flur stehen lässt, als der alte Mann nicht antwortet.

Sie sagt sanft: »Herr Wachter.«

Das ist kein guter Beginn für ein Gespräch. Die Frau will irgendwas von ihm. Und schon sagt sie: »Ich bin hier, weil ich mich noch einmal bei Ihnen erkundigen wollte.« *Erkundigen?* Was hat er ihr zu sagen, was sie als junger Mensch in Erfahrung bringen wollen könnte? Er steht im Türrahmen und blickt auf das offene, aber von seiner ihm noch unbekannten Bitte überzeugte Gesicht.

Die noch nassen Finger wischt er sich grob an der Hose ab.

»Wahrscheinlich fragen Sie besser das Internet«, sagt er und lässt es, einmal mehr, wie einen halben Scherz klingen. Er versucht an der Schwester vorbei tiefer in das Zimmer hineinzugehen, doch sie steht im Weg und macht keinerlei Anstalten zu weichen.

»Das kann mir das Internet nicht beantworten, es geht um eine Nachfrage, die wir alle an Sie haben«, sagt sie sachte mit diesem ihm zuwider klingenden lieblichen Bittsteller-Stimmchen.

»Herr Wachter: schauen Sie ...« Und plötzlich redet sie ganz schnell, so, als wolle sie möglichst viel noch loswerden, ehe er sie unterbrechen kann; ein Schwall von Worten strömt aus ihr heraus: »Ich weiß, wie Sie zu Fotos stehen, ich weiß, dass Sie seit Jahrzehnten keine mehr haben fertigen lassen! Aber wie Sie bestimmt gehört haben, feiert unser Haus fünfzigjähriges Jubiläum, und Sie sind unser längster Bewohner. Es werden *nur ein paar Fotos* gemacht, eine kleine Reihe, eine winzige Publikation der Stadt, nur ein Artikel –«

»Nein!«, unterbricht Wachter sie heftig. »Keine Fotos! Keine Fotos!«

Er rempelt sich an der Schwester vorbei und begibt sich Richtung Fenster. Dort bleibt er stehen und stützt sich auf der Fensterbank ab, er findet mit einem Mal Halt, wie ein Taucher am Ende seiner Strecke, wenn er endlich wieder nach Luft schnappen darf, seinen Schaukelstuhl zur Rechten, sein Bett zur Linken, und wendet ihr trotzig den Rücken zu.

»Nein!«, ruft er erneut in den herbstlich-winterlichen Garten hinaus. »Absolut-nicht-und-keine-Fotos!«

Für eine kleine Weile herrscht Stille im Zimmer. Unterbrochen wird sie nur von Wachters aufgebrachtem Atem, der sich schon bald wieder zu beruhigen beginnt. Er schließt die Augen und zählt seine Herzschläge. Sie traben ihm davon, in gutem Tempo. Er fühlt sich wach. »Was verstehen Sie denn nicht daran?«, sagt er weiter, nun wieder in normaler Lautstärke. Mit geschlossenen Augen, den Rücken zum Zimmer, spürt er dennoch, wie die Schwester sich ihm unerschrocken nähert. »Wer mich sehen will, soll mich sehen kommen. Und wer nicht kommen will, soll mich einladen! *So*, verdammt noch mal!«

Dann spürt er eine Hand auf seinem Oberarm: ein sanftes Zudrücken oder ein robustes Streicheln. »Lieber, guter Herr Wachter! Wenn Sie sich nicht sehen möchten, dann haben wir natürlich vollstes Verständnis dafür. Das können Sie selbst entscheiden.« Er atmet den süßlichen Duft ihres zarten Parfums ein. Er hat den Herbst vor Augen und den Frühling in der Nase. »Wir haben große Umstände auf uns genommen, um Ihren speziellen Bedürfnissen gerecht zu werden. Nicht allen anderen Gästen war es gleichgültig, dass die Spiegel im Erdgeschoss abgeklebt wurden. Schließlich leben dort auch andere, die sich gerne ab und an betrachten würden. Ein ihr verwehrtes Grundrecht, nannte es sogar eine der Damen. Das darf Ihnen gerne bewusst sein. Aber im Zweifelsfall, natürlich, zählt, welcher Leidensdruck der größere ist. Und da haben wir uns gerne, *sehr gerne*, nach Ihnen gerichtet. Allerdings –«

»Immerzu wird man dazu gezwungen, sich anzuschauen!« Seine Empörung poltert derart in Worten aus ihm heraus, dass er sich an ihr verschluckt. Wachter schnaubt und hustet. »Welchem Zweck dient das? Wenn ich einen schlimmen Ausschlag habe, der für meinen Gesundheitszustand kritisch erscheint, sagen Sie es mir. Dann gehe ich zum Arzt. Wenn mir was zwischen den Zähnen hängt, sagen Sie es mir. Sagen Sie mir genau, welcher Zahn. Dann taste ich zwischen den Rillen und besorg' mir einen Zahnstocher. Aber um Gottes Willen – ansonsten lassen Sie mich doch in Ruhe! Alles, wofür mein Gesicht gut ist, erledigt es bereits. Hier, schauen Sie mich an!« Wachter dreht sich um und fixiert die Schwester. »Sehen Sie dieses Gesicht? Was sagt es Ihnen gerade? Wut! Jawohl, ich bin wütend. Und gestern, gestern als Sie gekommen sind, als der Film lief, da hätte ich es Ihnen eigentlich sagen sollen, dass ich schlafe. Augen geschlossen, Züge entspannt, Mund vermutlich leicht geöffnet, vielleicht 'ne Sabberschliere zwischen Mundwinkel und Kinn. Bevor Sie Gesichter auf Ihren Fotos sammeln, die Ihnen nicht gehören, sollten Sie vielleicht besser erst mal damit anfangen, sie richtig zu lesen.«

»Aber Herr Wachter, nun kommen Sie uns doch auch einmal entgegen. Sie müssen sich die Fotos ja später nicht ansehen.«

»Ach? Meinen Sie nicht, Sie werden das auf dem Schaufenster-Display ausstellen wollen?!«

Die Schwester seufzt voll herablassendem Verständnis. »Gerne können wir Sie für die Ausstellung rausretuschieren. Ist ja nicht so, als hätten wir das nicht schon ein paar Mal getan.«

»*Wagen Sie es ja nicht, mich aus einem Bild zu entfernen!* Unterstehen Sie sich! Wenn ich drauf bin, bin ich drauf. Damit wäre ein Foto kein Foto mehr. Konservation, Schwester, nicht Kreation! Dann lassen Sie mich doch von Anfang an fernbleiben. Mehr will ich ja nicht.« Sie entgegnet ihm mit einem resignierten, von wütendem Unmut durchdrungenen Schweigen. Nichts ist mehr von ihrem Duft zu riechen. Es ist, als hätten ihre Poren ihn zurückgerufen und sich trotzig verschlossen.

Schließlich sagt sie: »Gut. Sie müssen das nun wirklich nicht so persönlich nehmen. Es ist nur ein Foto.« Sie geht. »Schönen Tag noch.«

Mit einem Mal ist Wachter wieder außer sich. Er spürt, wie ihm das Blut in den Kopf schießt. Wenn sie nur hinschauen würde: sein Gesicht müsste ihr den Zorn durch rote Farbe signalisieren.

»DAS BIN ICH! Das ist ein Teil von mir! Sie können mir doch nicht ständig Bilder von der Haut ziehen! Ich bin doch kein Statist in Ihrer Lebensinszenierung!«, ruft er noch. Aber sie hört ihn nicht mehr.

Die Affäre

Fahri.

Sie meinte nur zu mir, dass es mit ihrem Freund nicht geklappt hat. Dass es eine lange Beziehung gewesen sei. Aber ehrlich gesagt dachte ich, sie meint zwei Jahre, vielleicht drei. Das finde ich schon ziemlich lang. So schöne Frauen wie sie bleiben eigentlich nicht lang in einem Hafen. Die Auswahl ist zu groß und die Ferne zu nah, falls Sie verstehen, was ich meine. Alles zu greifbar und denkbar. Der Tagtraum ein Potential der realistischen Alternative. Aber *neun Jahre*, pff, ne, nie im Leben! Dafür klang sie mir auch zu entspannt. Zu wenig »fertig mit der Welt«, wenn ich das mal so salopp ausdrücken darf. Musste mir auch keine *Du, hör mal, ich komme gerade aus einer ziemlich schwierigen Beziehung*-Scheiße anhören. Sie hat nicht viel erzählt, und ich wollte auch nichts wissen. Wenn ich eine neue Beziehung mit einem Menschen eingehe, dann ist mir schon bewusst, dass mir hier eine Persönlichkeit begegnet, die über die vielen Erfahrungen verfügt, eine ganze History mitbringt, die sie erst zu dieser Person gemacht haben. Aber muss ich mir diese ganze Vergangenheit aufladen? So Familienzeugs, das höre ich mir manchmal noch an. Die Rollen, die Vater und Mutter vorgelebt haben, die veranschaulichte Vorstellung dessen, welche Definition von Liebe ein kleiner Mensch als Erstes erfährt. Aber

Narbe von Windpocken am unteren Rücken

nicht die Expartner-Nummer. Was hat ein Mensch, der ihr früher einmal wichtig war, mit der Zuneigung zu tun, die sie heute für mich empfindet? Menschen entwickeln sich weiter.

Kein anderer Kerl dieser Welt kannte die Bella, die ich kennengelernt habe. Fängt ja schon mit dem Namen an. Ich habe nie gewusst, dass sie eigentlich Janina heißt. Ehrlich gesagt, direkt nach ihrem Tod, also als es überall in den Medien war, da war ich ziemlich betroffen, als ich es erfahren habe. Kurzes Schockschlucken, kennen Sie das? Sie müssen dann schwer schlucken, wie man so schön sagt, aber irgendwie bleibt Ihnen das, was sie schlucken wollten, im Hals stecken, und dann kriegen Sie keine Luft mehr, sind aber gleichzeitig so weggetreten, dass Sie es kaum bemerken.

In den ersten Tagen konnte ich das gar nicht zugeben. Dass meine Bella eigentlich Janina hieß. Sie meinte zu mir, ihr Name sei Annabelle Perlenkrüger. Ja, Mann, das habe ich geglaubt. Aber Janina? Das klang genauso absurd und falsch, wie dass meine Bella tot sein sollte. Was wusste ich schon über diesen bezaubernden Menschen, wenn ich nicht mal ihren Namen kannte? Das hat mir für einige Zeit das Gefühl gegeben, verraten worden zu sein – ein Verrat, der für mich in der Entscheidung des Ausgeschlossenwerdens lag. Ich dachte, in ihrem realen Leben mit ihrer wahren Identität habe es offenbar keinen Platz für mich gegeben und dass ich nur eine Art Toyboy für ihr narzisstisches Rollenspiel war. Und wie wichtig war diese Rolle?, habe ich mich gefragt. Sie hat ihr Leben mit tausenden von Followern geteilt, auf tausenden von Fotos, und auf keinem war ich. Gut, auf denen der letzten Monate war sowieso niemand anders zu sehen als sie selbst, aber Sie verstehen schon. Ich habe mich egal gefühlt und ausgenutzt.

Mittlerweile sehe ich das anders. Sie hat mir Raum gewährt innerhalb der Fiktion: innerhalb einer ausgesuchten Identität, innerhalb eines Ichs, das *sie sein wollte*. Das sie privat erlebt hat. Und diese ihre bevorzugte Variante wollte sie mit mir teilen. Ist das am Ende nicht viel mehr wert? Lieben wir nicht die Menschen, bei denen wir das Gefühl haben, die Person zu sein, die wir wirklich sind? Ich meine, nicht nur die Person *sein zu können*, die wir wirklich sind. Natürlich ist auch das sehr wichtig, und ich wünsche allen Menschen dieser Welt, dass sie das über ihren Partner sagen können. Auch wenn es bedeutet, dass wir uns die meiste übrige Zeit über verstellen müssen. Aber dass gesellschaftliche Erwartungen und ein gewisses Sozialverhalten uns natürlich häufig in dem einschränken, was wir begehren, das sind ja old news. Ich meine hingegen, dass wir vielmehr wirklich *erst durch die Präsenz der anderen zu dieser Person werden*. Niemand, den wir vorher versteckt halten mussten, sondern jemand, der dann erst richtig wird. Jemand – wir selbst –, den wir durch den anderen erst kennenlernen. Die durch und durch schöpferische und darin auch erschöpfende Liebe. Ja, kitschig, ich weiß. Aber manchmal kommt mir das so hoch. Kitschgalle ist besser als Schockschlucken. Jedenfalls hatte ich gehofft, so jemand für Bella zu sein.

Ich gebe zu, es begann hot und heavy. Und wenn sie jetzt noch leben und sagen würde: *Fahri, du, hör mal …*

Für mich war das alles nur eine Affäre, ein bisschen heißer Schokomuffin mit Sauce, ein leckeres Dessert zwischen den dekadenlangen Hauptgängen, dann müsste ich zugeben, dass mich das nicht überraschen würde. Verletzen: ja; überraschen: nein. Kann sein. Aber für mich wars nicht so.

Ich war richtig verliebt. Sie merken's ja an dem teils hyperromantischen Schwulst, den ich Ihnen hier erzähle. Aber insgeheim glaube ich gar nicht, dass es Schwulst ist. Heimlich glaube ich, dass es die Wahrheit ist – und ich hielt sie für weltfremde, zarte und das bekannte Leben in die schönsten Weiten hinein dehnende und sich in einem Flug verflüchtigende sechs Wochen in den Armen.

Zugegeben, dieser Satz kam mir gerade nicht einfach so. Bin kein Poet. Er ist die Abwandlung eines Satzes, den ich ihr in eine Karte geschrieben habe. Die konnte ich ihr nicht mehr geben. Wollte sie dann mit in ihr Grab legen anstelle einer Blume, aber ich habe mich dann doch nicht getraut, da aufzukreuzen. All die Blicke fremder Menschen, die wegen einer Person weinen, wegen der auch ich sehr traurig bin. Das könnte uns verbinden, aber dennoch: all diese fremden Menschen, die ich nicht kenne und, schlimmer noch, die keinen Schimmer davon haben, dass ich existiere. Ich wusste ja wenigstens, dass es da Eltern gibt und Freunde und ein ganzes soziales Umfeld, aus dem ich ausgeschlossen war. Ich kannte wenigstens, was ich nicht kannte.

Über ihren Exfreund – ich weiß mittlerweile, dass er Lajos heißt, der *langjährige Lebensgefährte Lajos B.* –

wusste ich nur, dass die beiden festgestellt hatten, dass ihre Grundeinstellung zum Leben – nein, ich glaube, sie sagte »Zugang zur Erfahrung des Lebens«, das fand ich sehr spannend, weil irgendwie strange – jedenfalls meinte sie, dass der einfach nicht übereingestimmt hätte. Schon allein deshalb dachte ich, so lang kann die Beziehung ja nicht gewesen sein. Man würde ja denken, dass sich sowas schnell bemerkbar macht. Wenn Sie mich fragen, sowas sollte gleich beim ersten Date besprochen werden. Völlig schamlos alles einmal raushauen: Hey Alte, wie ist dein *Zugang zur Erfahrung des Lebens?* Sonst werkelt man da ewig rum, weil man sich leider schon in jemanden verliebt hat, von dem man gar nicht wahrhaben will, dass es überhaupt nicht passt.

Aber was red' ich, ich habe keine Ahnung von langen Bindungen. Viele Paare merken es anscheinend sowieso erst nach Jahrzehnten. Ich glaube, viele Menschen wollen einfach mit jemandem zusammen sein, in dem sie sich selbst erkennen. Einerseits, damit sie das Gefühl haben, dass sie verstanden werden; aber auch, damit sie vorgelebt bekommen, dass es schon ganz okay ist, so, wie sie sind. »Der andere ist ja auch so«. Haben Forscher nicht herausgefunden, dass wir Menschen, die uns ähnlich sehen, automatisch attraktiver finden? Da gab's doch mal so eine Studie. Aber was red' ich, »Studie« ist ja auch so ein Schlagwort, das sich als Autoritätsargument prima und exzessiv in Diskussionen streuen lässt. Es gibt so viele Studien. Ist das hier eigentlich eine Studie? Warum reden Sie eigentlich mit mir? Ist das Feldforschung? Sorry, ich philosophiere Ihnen hier einen ab und Sie wollen eigentlich nur über Bella reden. Aber hier geht's um Bella. Das hier ist alles Bella!

Hier mein Prime Statement. Können Sie sich gern als Headliner rauspicken, oder wie ihr das nennen wollt. Also: Bella und ich waren uns nicht ähnlich genug. Basta.

Nee, bitte keine Fragen zu diesem Arzt ... Wenn Sie mich fragen, das war einer ihrer Lover und das Ganze ein kinky Rollenspiel. Ansonsten werden Sie verstehen, dass ich zu dem nichts sagen will. Ich nehme an, ich war seine Ablöse.

Nur eins noch! Einmal, ungefähr so im letzten Drittel unserer gemeinsamen Zeit, hat Bella mich am Telefon gefragt, ob ich Fotos hätte.

Erste Frage, direkt nach dem *Hallo*, nicht mal ein »Wie geht's?«.

Fahri, hast du Fotos von dir?

Sie würde mich gerne sehen, hat sie gesagt. Komm zu mir, hab ich geantwortet. Ich ziehe mich komplett aus, mach mich nackig, bring 'ne Lupe mit.

Ist mir egal; hab ein sehr gutes Körperbewusstsein und bin ziemlich tolerant gegenüber den Fetischen anderer. Sie hatte auch so eine unvorhersehbare Art, wissen Sie. Mich hat das ziemlich geil gemacht.

Und dann hat sie aber auch richtig losgelegt. Ich hatte es theoretisch schon ernst gemeint, aber praktisch eigentlich nicht. Also, eine Lupe hatte sie nicht dabei. Aber ihre Kamera. Hat mich vorher noch mehrfach gefragt, ob es denn wirklich in Ordnung für mich sei, wenn auch ihre

Stimme nicht so klang, als ob sie Widerrede erlauben würde. Es hatte sowas von den AGBs, die du als gelesen bestätigst, bevor du einen Kauf oder eine Anmeldung vollziehen kannst. Ich wusste: Das ist der AGB-Haken unserer Beziehung. Also habe ich ja gesagt, denn die Alternative – *ihr*, dem ganzen ihr, nicht zuzustimmen –, die gab es für mich nicht. Wenn es ihr so wichtig war ... Jedenfalls hat es Stunden gedauert. Sie glauben gar nicht, wie großflächig so ein Menschenkörper plötzlich ist, wenn Sie ordentlich ranzoomen. Und sie wollte alles, alles aufnehmen: das Innere meiner Ohrmuschel, soweit es ihr möglich war, die kleinen Härchen, die darin abstehen; meine Achselhöhlen, meine Handrillen, sie hat mir sogar die Backen auseinandergezogen und die Linse an den Anus gehalten. Ich bin mir nicht sicher, ob ich das sexy fand oder ob ich es jetzt nur nicht ertragen würde, es nicht sexy gefunden zu haben, und sie trotzdem hätte machen lassen. Keine Ahnung. Zwischendurch habe ich versucht, ihr Interesse etwas umzulenken, habe also ein bisschen an ihr rumgefummelt oder spielerisch versucht, ihr die Kamera wegzunehmen, aber dann hat sie mich mit niederwälzender Ernsthaftigkeit derart entrüstet angeschaut, als hätte ich ihr während einer Schweigeminute untern Rock gegrabbelt oder sowas. Da kam ich mir dann wie ein horny Teenager vor, dessen unangebrachte Bedürfnisse total beschämend sind. Das war nicht so cool.

Am Ende hat sie mich gefragt, wann ich noch mal Geburtstag hätte. 9. August 1982, habe ich ihr gesagt. Die

Uhrzeit wollte sie auch noch wissen. Später hat sie mir ein Album gegeben, in dem sich alle Fotos entwickelt befanden. Auf dem Album stand mit silbernem Edding in schöner Schnörkelschrift geschrieben: *Fahri, 36 Jahre, sieben Monate und drei bis fünf Stunden.* Sie überreichte es mir mit den stolzen, sich wichtig nehmenden Worten: *Ein Stück Unsterblichkeit.*

Das Album sah richtig edel aus. In dunkellila Leinen gebunden. Mit beigen Kordeln. Wenn ich Ihnen das nun so schildere, dann klingt das ziemlich abgefahren, aber es war vor allem auf irritierende Weise gruselig. Etwas in mir hat sich richtig gefeiert: Da ist diese wunderbare Frau, und sie hat sich stundenlang damit beschäftigt, mir ein originelles Geschenk zu bereiten! Aber trotzdem, Sie können sich sicherlich vorstellen, wie das ist, so etwas zu erhalten, eine Zerstückelung Ihres Körpers in hundert partikularen Aufnahmen ... Sowas kenne ich sonst nur aus dem Krimi. Wenn so eine Armbeuge wegen einer Wunde plötzlich wichtig wird oder so.

Aber das Album, ja, das ist echt schick. Ich hab's noch. Meistens liegt es in zweiter Reihe in meinem Bücherregal. Ich bin nicht bereit dazu, das ständig zu sehen, wenn ich in mein Wohnzimmer gehe, nur um mir was Unterhaltsames anzuschauen oder einen Drink zu kippen.

Wollen Sie es sehen? Dafür hatte sie einen fantastischen Sinn, die Bella. Einen Moment ... irgendwo hier ist es ... jawohl. Hier, schauen Sie. Die Fotos sind allerdings total verschwommen. Da, man erkennt Haut, und mal Haare, einen Augapfel, ein Muttermal, einen Zehennagel. Ich habe ihr gesagt, dass ich mich hier nicht mal selbst erkannt hätte. Dass so zum Beispiel die Falte meiner Kniebeuge aussieht. Oder dass ich noch eine Narbe von meinen Windpocken am unteren Rücken habe. *Identifizieren Sie diese Person! Wem gehört dieser kleine Finger?* Hätte mich nicht erkannt.

Wie geht's Ihnen damit? Wie gut kennen Sie Ihren Körper? Bella hat mich angestrahlt, und die Strahlkraft dieses Lächelns hat mich unvorbereitet getroffen; diese schier unfassbare Freude, die aus ihrem Gesicht glühte. Ihre Schläfe pulsierte, ich dacht', gleich platzt da was, und sie fragte entzückt: *Und ist das nicht wunderbar?*

Die beste Freundin, Zweiter Teil

Tamara.

Früher sind Janina und ich häufig gemeinsam durch die Stadt gebummelt. In unseren Gesprächen ging es um Mode, neue Ernährungsweisen, interessante Reiseorte und Blogs, die wir gern lesen. Oftmals sind wir irgendeinem neuen Tipp gefolgt und haben ein Restaurant ausprobiert. Meistens hat uns das entweder begeistert oder wir sind aus dem Lästern nicht mehr rausgekommen; ein Mittelmaß gab es für uns nicht, ein Mittelmaß ist meinungsfrei, ist langweilig – richtig erinnert haben wir uns später allerdings an keines. An keines der Restaurants, meine ich. Puh, ich vergesse schon, wovon ich rede, während ich es noch tue. Bin froh, dass Sie das Ganze hier filmen.

Aus meiner Sicht gab es nur einen kurzen Zeitraum, in dem Janina sonderbar wurde – einen Zeitraum, in dem mir hätte auffallen können oder vielleicht sollen, dass sich etwas verändert hatte. Dass etwas nicht stimmt, merkt man schnell. Aber dass es höchste Zeit ist, zu handeln, das merkt man oft erst, wenn der richtige Moment dafür bereits verstrichen ist.

Jedenfalls wusste Janina immer weniger zu erzählen. Offensichtlich beschäftigten sie die Themen, die wir gemeinsam in unseren Gesprächen immer wieder mit neuen Ideen und Inspirationen beleuchtet hatten, nicht

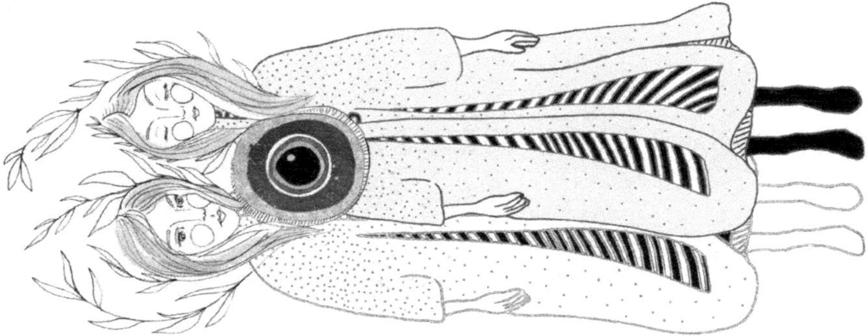
Bin ich das?
Bist du das?

mehr. Mit ihren Gedanken schien sie woanders zu sein. Zwischen unseren Treffen hatte sie sich mit nichts auseinandergesetzt, das sie mir mitteilen konnte! Wir schwiegen viel und die Stimmung war ein wenig beklemmend. Doch selbst das hat sie vielleicht gar nicht mitbekommen, ich weiß es nicht. Nun war es so, dass ihre Trennung von Lajos noch nicht lang zurücklag, zumindest nicht gemessen an dem, wie lang die Beziehung gedauert hat – von diesem angeblichen Fahri wusste ich nichts, habe erst in der Klatschspalte von ihm erfahren, kann mir ehrlich gesagt auch nicht vorstellen, dass Janina mir nichts von dem erzählt hätte –, und ich dachte einfach, dass es damit zusammenhing. Und im nächsten Moment – gut, das heißt einige Monate später – aber Sie müssen verstehen, in der heutigen Zeit ist das ein Wimpernschlag, ach, was sag ich, nicht mal das, es ist ... es ist ... so kurz wie ein Bild in diesen manipulativen Werbungen, das zwischengeschnitten wird, ohne dass du es merkst. Ja, genau. Ohne dass du es merkst ... und dann war sie schon verschwunden, vermisst. Auch wenn uns ihr Aufenthaltsort letztlich nicht verwundert hat. Da haben wir alle ein wenig versagt.

Einen besonders seltsamen Vorfall gab es. Bevor ich ihn schildere, sollte ich sagen, dass mir selbstverständlich aufgefallen ist, wie viele Fotos sie von sich gemacht hat. Bis zu einem gewissen Grad war das normal. Auch gemeinsam haben wir uns sehr gerne fotografiert. Selfies der zwei Besties, ist doch klar. Doch etwas veränderte sich in der Art und Weise, in der sie sich selbst porträtierte. Denn in der Essenz war es das, was sie tat:

sie schuf Porträts. Einerseits waren es die vielen Bilder auf ihrem Kanal, andererseits hat sie auch zunehmend während unserer Treffen Fotos von sich gemacht. Wie unhöflich das ist, muss ich ja nicht erklären. Ist auch nicht so, als wäre ihr das nicht aufgefallen. In der ersten Zeit hat sie einfach länger auf der Toilette gebraucht. Später war es ihr dann schlichtweg egal. In ihrer Handtasche hatte sie stets mehrere Powerbanks, um ihr Handy ständig aufladen zu können. Am Anfang hatte sie dafür immer einen plausiblen Vorwand. *Schau mal, das Sternentor! Da habe ich ja noch gar kein Foto von! – Schau mal, diese Kirschblüten! Die sind ja herrlich! – Ach, der Mann, der die Crêpes verkauft! Das ist ja immer noch derselbe aus meiner Kindheit!*

Der Wunsch, sich diese Erinnerung fotografisch zu bewahren, klang einleuchtend. Wenige von uns würden Selfies nicht als eine Lebensbereicherung begreifen, nicht wahr? Wie wunderbar es ist, Gelegenheiten mit Menschen zu teilen, sich zeigen zu können, den anderen in seinen Tag mitzunehmen ... Ich liebe es, Selfies zu machen und Selfies zu erhalten! Durch sie fühl ich mich den Menschen näher. Sie sind Mitteilungsmedium für mich. Durch sie sehe ich besser, wie sie sich selber sehen bzw. sehen wollen. Kann man einen Menschen besser kennenlernen?

Aber bei Janina ... es war die *Menge*, die das Ganze obskur erscheinen ließ. Und die Tatsache, dass sie am Ende auf absolut jedem dieser Bilder mit abgebildet sein musste. Wäre es denn nicht sogar noch schöner gewesen, ein Bild des Kirschbaums aufzunehmen, ohne sie dort drauf zu haben, wenn es doch darum ging, die Fülle und Pracht der Blüten zu fotografieren? Und es war ein wunderschön prächtiges Exemplar eines Kirschbaums. Er steht mir noch heute lebhaft vor Augen. Die Hälfte des Baums verdeckte sie doch mit ihrem Gesicht! Als ich sie darauf hingewiesen habe, ist sie zickig geworden. Als koste es ihr schrecklich viele Nerven, dass ich leider zu dumm sei, zu begreifen. Es gehe hier um die *Co-Existenz*, sagte sie. Was bringe ihr der Baum, wenn er nicht in Beziehung zu ihr stünde! Ohne diese Beziehung wäre der Baum nur ein Baum! Der Baum ist ein Baum ist ein Baum – na und? Einer von tausend, einer von Millionen. Einer wie von Google. Auf Google würde sie sicher noch viel *prächtigere* Bäume finden! Da wäre dieser hier doch einfach nur lächerlich dagegen! Ein Witz von einem Baum! Diese Tatsache schien sie rasend zu machen. Dass das Internet immer einen Trumpf bereithalten würde. Das stetige *Mehr* an allem. Aber nicht das *Original.* Darauf hat sie natürlich – wie jeder Mensch – ihren eigenen Anspruch. So ein Foto war für sie eine Art Manifest der Einzigartigkeit in der gelebten Individualität. Nicht, dass Google nicht auch das wegzunehmen und unser vermeintliches Besonders-Sein in analysierbare und fassbare Daten zu packen versuchen würde.

Aber Janina hat dagegen angekämpft. Da musste das Foto von ihr vor dem Baum gemacht werden. Nämlich weil sie ihn an diesem Tag, an dem sie auch die elfenbeinfarbenen Perlenohrringe trug und an dem sie besonders viele Sommersprossen hatte, betrachtet und bewundert hatte. Und das sollte das Foto darstellen und nichts anderes. In gewisser Weise machten diese Fotos also doch Sinn und ich konnte rational nichts gegen ihr Bedürfnis einwenden.

Einmal – und jetzt komme ich zu dem seltsamen Vorfall – waren wir auf der Straße bummeln und ich habe mein Handy aus meiner Tasche geholt und ihre Seite geöffnet. Die, wo sie hunderte von Fotos von sich hochgeladen hatte. Früher gab es dort noch andere Motive: Kulinarisches, Landschaften, Architektur, Tiere, aber seit Monaten nur noch sie selbst. Ich habe ihr den Bildschirm direkt vors Gesicht gehalten; fast hätte ich ihn ihr gegen die Nase geklatscht.

Bist du das?, habe ich sie gefragt. *Bist du das?*

Meine Stimme klang, als wäre es mir gerade erst eingefallen; aber eigentlich wollte ich das schon lange wissen. Es war uns beiden kein Geheimnis, dass sie sich gern inszenierte – ist ja immerhin ein weitestgehend salonfähiges Hobby –, aber dass sie von ihrer eigenen Vorstellung mittlerweile nicht genervt war, erschien mir unwahrscheinlich ausdauernd. Sie hat mir nur geantwortet wie ein Echo, das den Klang an dich zurückwirft: monoton, kein Widerhall. *Bin ich das? Bin ich das?*

Dann, plötzlich, hat sie mich an den Schultern gepackt. Es war fest, hat aber trotzdem nicht sehr weh getan, vielmehr hat es mich einfach erschrocken. Sie hat mich an den Schultern zu einem Schaufenster gezerrt, an dem wir gerade vorübergingen. Darin konnte ich unsere Spiegelung erkennen. Mit einem plötzlichen Griff in meinen Nacken zog sie mich in Richtung des Fensters, so wie in einem Action-Thriller in der Szene, wo zwei auf einem

Hochhausdach stehen – warum auch immer diese Leute auf Hochhausdächern stehen und warum auch immer mit großer Wahrscheinlichkeit im nächsten Moment ein Helikopter vorbeigeflogen kommt – wie dem auch sei, es war wie im Thriller auf dem Hochhausdach, wenn der Eine dem Anderen seine Macht demonstriert, indem er ihn fest packt und zum Abgrund hinunterbeugt. *Sieh hin, da kann es für dich runtergehen.*

Aber Janina und ich standen nur auf einer Straße, dieser bekannten und plötzlich bedrohlichen Einkaufsstraße. Und in dem Schaufenster, zu dem sie mich hin beugte, waren Klamotten, ich erinnere mich ganz genau, die sah ich zuerst: ein königsblaues Wickelkleid aus schimmernder Seide für 364 EUR, ein paar Ballerinas aus pflaumenfarbenem Wildleder für 280 EUR, eine weiße Bluse mit Schleife und ein in verschiedenen Brauntönen gestreifter Tweedrock, 180 EUR und 230 EUR. Das sah ich und dachte, die Welt ist teuer, das sah ich und sah dann doch nichts, ich sah es durch die Scheibe, das heißt eigentlich *hinter der Scheibe*, dann aber sah ich *auf die Scheibe* und ich sah meine Reflexion, so farblos wie ein Geist. Würde ich mich nicht auf mein eigenes Bild konzentrieren, so dachte ich, es ginge verloren im Kontrast zu den kräftigen Farben und der in Szene gesetzten Materialität der Klamotten. Dabei musste ich durch mich hindurchblicken, um sie zu sehen. Den Fokus umstellen.

Und Janina fragte mich: *Bist du das? Bist du das?*

Kein bissiger Witz in ihrer Stimme, keine überhebliche Anmut, sondern erschreckende Neutralität. So eine

Stimme klingt immer ähnlich, mit der sind Sie geboren, aber die Töne, die sie trifft, zielen auf verschiedene Stellen in Ihnen. Es gibt Stimmlagen, die sind empfängerorientiert, und Stimmlagen, die sind absenderorientiert. Entweder sie versuchen, eine bestimmte Emotion hervorzurufen, oder sie versuchen, eine zum Ausdruck zu bringen. Janina war sehr kontrolliert: in dem, wie sie sich gab, und in dem, wie sie wahrgenommen werden wollte. Ihre Stimmlage war also empfängerorientiert. Diese Stimme traf den Ton millimetergenau, da ging nichts daneben, und sie hatte eine ganz bestimmte Empfindung zum Ziel, die sie in mir auslösen wollte. Trefferquote einhundert Prozent.

Und das richtete mir die Härchen auf der Haut auf.

Dann packte Janina mich wieder fest und drehte mich zurück zu ihr. Sie zog mich an sich, die rechte Hand an meinem linken Oberarm, die linke Hand an meinem Kinn. Ich weiß nicht, wann ich ihr schon mal so nah war. Es waren ein paar Zentimeter zu nah, ein paar Zentimeter mehr als sonst. Missachtung jeglichen Anstand-Abstands. Nur noch ein wenig und unsere Körper würden an ihre jeweilige Grenze stoßen. Und da hatte ich keine Angst mehr. Da entspannte sich alles in mir. Ich wusste, dass es die Grenze gab. Und auf der anderen Seite ebendieser Grenze stand sie: meine langjährige Freundin Janina – geliebter Mensch, mir so nah. Das mag sich jetzt seltsam anhören, da ich gerade erst erzählt habe, dass sie etwas übergriffig geworden ist an diesem Nachmittag. Aber um nur irgendetwas in dieser Sache zu verstehen, müssen Sie hiermit anfangen: Janina gehörte zu den Menschen, denen man gerne sehr nah war.

Dann aber sah ich *mich* in ihren Augen. Ganz verzerrt auf der Fläche des fast zur Hälfte sichtbaren runden Balls. Mann, sah ich komisch aus. Und die Vorstellung, dass ich genau so aussehe, also aus meiner Perspektive auf den Augäpfeln aller, die mich ansehen – das hat mich kurz total verstört. Wenn hundert Augenpaare dich anstarren, existieren hundert gebeugte Dus auf den vielfarbigen, schauenden Augäpfeln. Wenn du nur nah genug hinguckst. Ist zwar Quatsch, aber trotzdem irre.

Und Janinas Stimme forderte wieder eine Antwort: *Bist du das?*

Ich höre das heute noch genau so in mir, als könnte mich das auf ewig verfolgen, ihr Geist in mir flüstern. Als klopfte sie stetig in meinem Inneren an, an eine Tür meiner Gedankenschubladen, auf der sowas wie »Reflexion« steht. Reflektier dich, Tamara, mach schon. Bist du das? Und wenn nicht, wer willst du sein? Selbstreflexion ist Programm. Sehnsuchtsevaluation. Wer willst du sein, und bist du's schon?

Ihr Griff war so fest, dass ich Tage später noch einen kleinen Bluterguss hatte. In dem Moment aber spürte ich das gar nicht. Ich sah nur ihre Augen. Die graugrünen, schimmernden Murmeln. Sie hatten etwas von einem Frühling, der in eine tote, astroide Landschaft hineinwächst. Das ist so, als ob du dich gruselst und dir gleichzeitig vor Entzücken das Herz aufgeht.

Und ich fragte: *Wie ich mich auf dir sehe, oder wie du mich siehst? In deinem Kopf? Ich weiß nicht, was du darin siehst. Ich weiß nicht, wie sehr meine Rolle in deinem Kopfkino scheint. Ich sehe mich nur auf deinem Augapfel, verzerrt, gebückt. Ein Spiegel ist das nicht.*

Aber eine Antwort habe ich ihr damit nicht gegeben. Denn wer sagt denn, dass Spiegel uns zeigen?

Der Lebensgefährte

Lajos.

Allem, was ich jetzt sagen werde, möchte ich voranstellen, dass ich Janina sehr geliebt habe. Sie war die Liebe meines Lebens, daran besteht kein Zweifel, und hätte das Schicksal sie diese Krankheit überstehen lassen, hätte sie mich ihr mehr helfen lassen, dann hätte sie das auch wieder erkannt. Dann wären wir glücklich geworden. Dann hätten wir das Haus im Grünen mit der lila Tür gebaut und einen grauen Puli-Welpen gehabt. Sie wissen schon: diese Hunde, die aussehen wie graugewordene Wischmopps. Jetzt stellen Sie sich mal so einen kleinen, zappeligen, kuscheligen Wischmopp im Schoß vor. Zwischen Ihnen und Ihrer Traumfrau. Das ist meine Vorstellung von Glück. So wärs gewesen. Lila Tür, blaue Gardinen, gelbe Tulpen und Puli-Welpen. Und Janina. Natürlich: Janina!

Kommen Sie mir jetzt nicht mit diesem Spruch. Ich sehe ihn doch auf Ihrer Stirn leuchten. Der Gedanke in Ihrem Hirn brennt sich nahezu durch Ihr Inneres hindurch, ich sehe die Worte sich hinter dem Vorhang aus Haut gegen die Oberfläche Ihrer Stirn pressen: *Hätte, hätte, Fahrradkette.*

Das sind böse Worte. Halten Sie das für einen lustigen Spruch? Einen Kinderreim? Das ist in lässige Banalität getarnte Verbitterung.

Haus im Grünen mit der lila Tür

Ja, es ist wahr: Ich spreche von meinen Träumen in einem Konjunktiv, der niemals mehr durch Realisierung eingeholt werden kann. Der Modus des Konjunktivs ist finit und ist grenzenlos. Eine besiegelte, nie abgeschlossene Sache. Ich habe sie zu Grabe getragen. Buchstäblich. Den Sarg auf meiner Schulter. Der war schwer, Kirschbaumholz; aber sie war federleicht. Denke ich zumindest, nachdem ich sie noch mal gesehen habe. Sie war so fürchterlich dünn. In meinen Armen hatte ich sie schon lange nicht mehr. Aber worin Sie nur sinnloses Grübeln eines passiven und vielleicht auch depressiven Träumers im Konjunktiv erkennen, das ist für mich ein Trost. Das sollten Sie respektieren. Sie können die Möglichkeiten der Vergangenheit nicht einfach abwiegeln, bloß weil sie vorbei ist.

Denn sie ist niemals vorbei. Wenn sie vorbei wäre – was tun dann diese Bilder in meinem Kopf? Diese Bilder, die ich jetzt in mir trage. Diese Bilder, sie sind nicht nur Standaufnahmen, sie bewegen sich. Und sie haben einen Ton; ihr Lachen höre ich, ihr Lachen war hell und klar und laut und gleichzeitig schüchtern, aber nie zurückhaltend. Ich vergöttere dieses Lachen. Dann sag mal einer, dass sie wirklich tot ist. Sie müsste es ja nicht sein.

Denn wenn sie mich gelassen hätte ... wenn Janina mich ... *ich* war nur machtlos, weil sie das nicht tat. *Ich* habe versucht, ihr zu helfen. *Ich* wäre dazu in der Lage gewesen. Es war ihre Schuld; und es waren ihre Lügen. Es war ihre Unwahrheit, die meine Verunmöglichung bedeutete in der Rolle, die ich für sie darstellen wollte.

Wie kann man einem Lügner Retter sein? Wenn Ihnen jemand beim Notruf die falsche Adresse nennt, dann werden Sie zu spät kommen. So ist das nämlich.

Wurden Sie schon einmal von einem geliebten Menschen belogen? Von einem geliebten Menschen immer wieder belogen zu werden und trotzdem mit ihm zusammenzubleiben ... das ist, wie ein schmerzendes Kapitel der eigenen Lebensgeschichte immer mit einem Semikolon zu unterbrechen; und niemals mit einem Punkt. Oder fast nie. Es bedeutet auch, die Geschichte weiterzuerzählen; Janina und ich, das ist eine unendliche Geschichte; da setzt auch der Tod keinen Punkt

*

Er muss den Bildband und das Laptop für eine Weile weglegen. Es strengt ihn an. Ihn beschleicht das Gefühl, auf etwas Unermüdliches zuzusteuern. Ob Margot in diesem Projekt persönlich die Antworten gefunden hatte, die sie für sich suchte? Er glaubte, ja: das Buch stand monatelang auf den Bestseller-Listen.

Wachter hat grundsätzlich nicht viele Fotos in seinem Leben gefertigt. Zwar ist auch er seit Jahrzehnten mit einem Smartphone ausgestattet, aber dieses fortwährend persistierende Potential hat nie einen sonderlichen Reiz auf ihn ausgeübt. Er hat sich diesen Umstand häufig damit erklärt, dass er nicht zu den sogenannten *Digital Natives* zählt, die seit Anbeginn ihrer Erinnerung mit der Technologie sozialisiert worden sind, für die der Umgang mit Digitalgeräten zu den ersterlernten Grundfertigkeiten zählt. Er fühlt sich nicht heimisch darin, mit seinen Fingern auf Flächen zu klicken, Applikationen zu bedienen, es bedeutet schlichtweg keine Form einer günstigen Mobilität für ihn. Virtuell bewegt er sich nur träge durch den Raum, und so fühlt sich das Handy in seiner Hand nicht ernsthaft wie eine natürliche Erweiterung seines Körpers an, wie er es etwa bei seinen Nichten beobachtet hat. Wenn deren Mutter, seine Schwester, die, zwar kaum jünger als er, sich mit sehr viel mehr Begeisterung in die Welt der Smartphones und Tablets begeben hatte, Selfies mit ihren Kindern fertigte, als sie noch keine vier Monate alt waren, so lernten die Kinder sehr rasch zu lächeln, sobald das rechteckige Display ihr Bild in Kamerafunktion anzeigte. Lächelten sie, weil sie das bewegte Bild in ihrer kindlichen Wahrnehmung mit neugieriger Freude erfüllte, weil sie darin jemanden sahen, oder lächelten sie gar, weil sie sich bereits selbst erkannten? Gab es in der kindlichen Entwicklung nun eine Art Selfiestadium, eine Abwandlung des einstigen Spiegelstadiums? Der Moment, in dem das kindliche Bewusstsein erkennt: Sieh an, das bin ich! Ist ein kleiner Mensch mittlerweile viel eher in der Lage, sich selbst zu erkennen, in Zeiten, in denen er von früh an dem eigenen Bild und dessen Bewertung ausgesetzt ist? Immerhin ist ein Spiegel in der Regel kein Objekt, welches dem Baby sehr früh ins Gesicht gehalten wird. Welch ein Unfug, den er, Wachter, dennoch glaubt. Und doch: auch die Geschlechtsreife setzt mittlerweile viel früher ein. Offensichtlich tut sich etwas in der Geschwindigkeit, in welcher Kinder sich entwickeln und an die Umwelt, die wir ihnen präsentieren – sexualisiert, virtualisiert, selbstzentriert – anpassen.

Warum also nicht? Er geht mit seiner Zeit und glaubt an viele Märchen und manche Fakten. Jedenfalls gehört er nicht zu diesem Volk der Digital Natives. Sogar der Ausdruck ist ihm fremd. Eine Schwester kommt rein und teilt ihm mit, dass er leider den Film verpasst habe. Sie sagt höflicherweise nicht »verschlafen«, denn verschlafen klingt faul, aber es ärgert ihn, dass sie sich überhaupt herausnimmt zu meinen, höflich zu ihm sein zu müssen; es kommt ihm entsetzlich affektiert vor. Als wäre er hier nur ein Kunde.

Die Information scheint ihm sowieso nutzlos. Filme lassen sich doch immer wieder anschauen; die eingefangene Zeit immer wieder erleben; dafür sind sie schließlich gemacht. Es habe sich um eine Literaturverfilmung gehandelt, einen Abenteuerspielfilm über Weltraumforscher. Inspiriert von einer wahren Geschichte. Welche Kunst, fragt er sich, ist denn bitte nicht von einer wahren Geschichte inspiriert? Ihr Angebot, den Film nun allein in seinem Zimmer anschauen zu können, lehnt er ab.

Sein Blick fällt auf eine Pinnwand aus Kork, die an der Wand neben seinem Schrank befestigt ist. Ihm ist, als sähe er sie zum ersten Mal; tatsächlich aber weiß er, dass sie ihm lediglich zum ersten Mal richtig bewusst wird, zumindest zum ersten Mal, seitdem er sie möglicherweise vergessen hat, auch wenn er Tag für Tag seit vielen Jahren ein Zimmer mit ihr teilt. So etwas geschieht ihm öfter. Plötzlich tauchen sie auf, wie nie gesehen, und sind doch Dinge seines Alltags. Ein Grund, weshalb die Korkwand ihm sicherlich nie aufgefallen ist, ist der banale, dass sie ziemlich langweilig ist. Nichts schmückt sie, sie ist schlichtweg überflüssig. Ein Ding, das die Wand weniger leer erscheinen lässt, obwohl er es zugleich nie bemerkt hat. Hat er sie damals selbst angebracht? Eine tolle Korkwand, denkt er – wenn er doch nur Postkarten hätte, die er dort aufhängen könnte. Viele Menschen erklären sich das Postkartensterben damit, dass die Post zu einem hochpreisigen und exklusiven Service geworden ist, den gering verdienende Menschen sich nicht leisten können und gut verdienende Menschen sich nur selten leisten wollen. Er sieht das nicht so. Die Nachfrage ist gesunken und die exorbitante Preiserhöhung nur die nachvollziehbare Reaktion eines Unternehmens, das sich noch halten will. Er würde die Urlaubsgrüße und Fotos seiner Nichten in Postkartenformat ausdrucken lassen und an die Pinnwand heften. Das ist zwar nicht genauso, aber immerhin fast so gut. Allein der Gedanke hat solch eine wärmende Kraft, dass ihm ein Lächeln von seinem Bauch durch sein Herz und in sein Gesicht aufsteigt. Dort bleibt es eine Weile haften.

Die Schwester blickt auf die vielen Bücher von Paul Wachter. Dass er sie von einem Moment auf den anderen nicht mehr beachtet, sondern gedankenversunken vor sich hinlächelt, ganz so, als habe sie den Raum bereits verlassen und ihn mit seinen privaten Träumereien allein gelassen, hat – das weiß sie und das sagt sie sich – sicherlich nichts mit ihr zu tun. Mittlerweile türmen seine Bücher sich auf dem Boden, als wolle er eine Mauer mit ihnen bauen. Noch aber schirmen sie ihn nicht ab.

Noch aber kann sie ihn sehen. Noch sind sie vor allem eines: feste Substanz, nach der er greifen kann, so hochgestapelt, dass er, wenn er wollte, seinen Arm darauf lehnen könnte. Stabilität, zusammengetragen durch die Geschichten und Gedanken der Köpfe anderer.

Die Bücherliebe dieses Mannes, der fast nie Besuch bekommt und sich gar nicht daran zu stören scheint, stimmt sie beinahe rührselig. Diese anachronistische Passion macht ihn zum authentischen Verfechter einer überholten Zeit. Gewiss gibt es gedruckte Bücher noch immer zu erwerben. Die meisten Menschen besitzen aber nur noch ihre eigenen Bücher. Sie sind etwas Besonderes, ein Luxusgut, mehr Einrichtungsgegenstand denn Medium. Meistens handelt es sich um bedarfsorientierte Unikat-Anfertigungen. Sie selbst hat sich ihre schönsten Urlaubsfotos aus Tansania zu einem opulenten Bildband gestalten lassen, der auf ihrem Kaffeetisch liegt und ihren Gästen erste Beschäftigung und Gesprächsanregung gibt, während sie Getränke und Appetithäppchen zubereitet. Während sie darüber nachdenkt, vergisst sie bereits die Rührung, die sie über Paul Wachters Büchermauer verspürt hat, und denkt vielmehr darüber nach, welches Format ihr Amerika-Urlaub bekommen soll. Größer natürlich. Die Niagarafälle brauchen eine Doppelseite. Vielleicht sogar ausklappbar. Die Dimension, die Dimension, die Dimension muss vorstellbar bleiben.

Die Follower

Ein Chor.

Wir sind die Follower. Bella war Bestandteil unseres täglichen Lebens, wie Puderzucker, wie Walnuss-Möhrenbrot, nicht wie Wasser, aber wie Café Latte im Bambusbecher. Wir kannten auch die Farben ihrer Lebenswelt: das Blau der Heidelbeeren im Birchermüsli, das Rosa der japanischen Kirschbaumblüten in dem Park, den wir für den ihr nächsten hielten, sowie das knallige Rot ihrer Ledertasche und der dunkel gleißende Schimmer ihrer Sonnenbrille. Wir folgten ihr an den Frühstückstisch und vor die Haustür. Manche nennen uns Abonnenten. Aber der Abonnent bekommt meistens nur geliefert, so richtig ist er nicht dabei. Wir aber sind es, weil wir selektiv dabei sind. Der ganze Alltagsballast ist weggeschält, das Surplus aus ennuyanten Banalitäten und des reizlosen Einerleis. Übrig bleibt die Essenz der Schönheit dessen, was ihr Leben in ihren (und dann auch unseren) Augen erst wertig macht. Der Rest ist nur Rest.

Wir sind die Follower. Bellas Gesicht ist uns so vertraut wie das eigene. Wir kennen die Winkel, die ihre Wangenknochen und ihre Kinnpartie als variant erscheinen lassen. Uns ist der Lichteinfall bekannt, in dem ihre Sommersprossen sichtbar werden, und die Dichte ihrer Wimpern. Wir kennen den erschöpften Ausdruck auf ihrem Gesicht, wenn sie müde ist, auch jenen wohltuend

Lebe deinen Traum

verschwitzten, wenn sie vom Sport kommt, und das einsatzbereite Grinsen eine halbe Stunde nach dem Kaffee.

Wir sind die Follower. Bella und wir sind verbunden über ein Herz und ein Daumen-hoch. Häufig lassen wir sie somit wissen, dass wir sie gesehen haben. Meistens jedoch nicht. Sie aber weiß, dass wir sie sehen. Wir finden Trost in ihrer federleichten Regelmäßigkeit, in dem steten Zugriff auf ihr Bild, in der selbstverständlichen Popularität ihrer virtuellen Identität, in unserer ungebundenen und verlässlichen Beziehung zueinander.

Es war schlimm, als keine Fotos mehr kamen. Wir begannen, in den Kommentaren nach ihr zu fragen. Erst fordernd: Wo bleibt das neue Foto? Dann wütend: Was ist mit dir? Dann sorgend: Was ist mit dir? Gleiche Worte, nicht gleicher Tonfall, heißt nicht gleicher Emoticon.

Dann beruhigte sie uns. *Alles ist gut, bin nur beschäftigt, ihr Lieben. [Herzchen. Äffchen, das sich die Augen zuhält.]* Und irgendwann die Meldung, dass ihr die Zeit fehle, die Zeit, die Fotos hochzuladen. Dass sie das nicht mehr leisten könne.

Eine Leistung wars? Wir dachten, wir haben Spaß; wir dachten, wir spielen. Wir dachten, wir gucken nur ein bisschen und haben uns gern. Und jetzt fehlt uns das Lachen, fehlt uns der ernste Blick, fehlt uns das geliebte, das bewunderte Gesicht. Wir rufen nach ihr in ihren Worten, wir schreiben: *Welch famoser Tag!* Wir schreiben: *Ergreife den Augenblick!* Wir schreiben: *Lebe deinen Traum!* Und wir fragen immer und immer wieder: *Wo bleibst du?*

Erst haben wir nur getrauert, doch dann haben wir begriffen: Was wir lieben, diese Fotos, die nimmt uns keiner mehr. Sie sind und bleiben online, und seit sie fort ist, tauchen immer mehr Fotos auf, von Freunden, von alten Jahrbüchern, von irgendwem, der sie einmal kannte oder ihr Bild in alten Schubladen fand. Fotos, die sie selbst nie veröffentlicht hätte! Fotos, von denen sie womöglich gar nichts wusste! Ein ganzer Band soll in Planung sein! Sie planen doch den Band, oder nicht, Sie planen den? Und dann all die tausend Fotos, von denen wir wissen, dass sie von ihr noch gefertigt wurden und dass sie nur die Zeit nicht mehr fand sie zu veröffentlichen!

Janina Ast ist tot, aber Bella Jolie ist unsterblich geworden.

Wir sind nun so viel reicher.

*

Paul Wachter erlaubt sich, den persönlichen Gedanken an Margot, der sich immer wieder aufgedrängt hatte, nun endgültig zuzulassen, ohne ihn wegzuscheuchen. Und ihr tiefschwarz gefärbtes Haar mit dem zarten Schimmer, den das Dunkel fast immer verschluckte. Er denkt aber nicht nur an die Märchenfigur, zu der sie für ihn geworden war. Ein wunderschönes Phantasma seines vergangenen Lebens; Teil eines kleinen Ausschnitts, der für ihn der größte war. Größer als sein ganzes Leben.

Margot hatte ihre Sachen bereits gepackt. Sie war ruhig und sachlich, geschäftlich. Selbst als er ihrem Gesichtsausdruck, gepaart mit den Koffern, die schon gefüllt, aber offen auf dem Bett lagen, ansah, dass sie gerade im Begriff war, sein Herz zu brechen, fand er seine Frau wunderschön. Neunzehn gemeinsame Jahre lagen in diesen Behältern. Sie würde sie zupacken und mitnehmen. Nachdem sie ihn gegrüßt hatte, packte sie zunächst unbeirrt weiter. So mochte sie das, und so liebte er es an ihr: eins nach dem anderen. Erst packen, dann verlassen. Zwar nicht wortlos, aber erst mal packen. Kein Drama, stattdessen die Bereitschaft zum sofortigen Aufbruch. Er machte es sich selbst später schwer, ihr aber nicht. Ihr hörte er zu. Sie fand klare Worte, die er dennoch nicht verstand, von denen er sich aber jedes einzelne merkte. Margot war gefasst, aber nicht kalt. Noch etwas, was er an ihr schätzte: Hatte sie sich einmal etwas in den Kopf gesetzt, war sie davon nicht mehr abzubringen. An jenem Tag liebte er das nicht, aber ein Teil von ihm, der, der noch nicht so ganz realisierte, was gerade geschah, bewunderte sie für ihre Entschlusskraft. Wie lange schon, fragt er sich noch heute, hatte diese Entscheidung festgestanden? Dann war sie fort und kam nie wieder.

Hätte er mehr kämpfen sollen? Für jemanden zu kämpfen, der einen nicht mehr will – ist das Kampf oder ist das Aufdringlichkeit? Wäre es romantisch gewesen, ihr Blumen an die neue Adresse zu schicken (nachdem er sie herausgefunden hätte) und ihren Handybildschirm mit verpassten Anrufen zu füllen? Er hält es vielmehr für romantisch, jetzt, an seinem Lebensabend, wieder an sie zu denken. Der sich beinah ewig Sehnende. Ein bisschen tragisch, aber nicht zu sehr.

Einmal hatte sich Margot noch in einer Sache gemeldet, die über einen höflichen Gruß hinausging. Die ein wirkliches Interesse bekundete. Damals, als Fräulein Ast verstorben war, hatte sie den Fall bereits rege verfolgt. Das wunderte ihn nicht. In der Berichterstattung war sie auf die Mitteilung gestoßen, dass ein gewisser Paul Wachter der Vermieter war, der die Tote aufgefunden hatte. Margot vergaß nur selten etwas, aber der Name des Ex-Ehepartners ist etwas, das den meisten Menschen in Erinnerung bleibt, auch wenn einige sich weigern, ihn jemals wieder klar zu nennen. Da war der Abend mit den Koffern drei Jahre her. Margots Interesse war immens. Bei diesem Telefonat vernahm er eine ungekannte Betroffenheit in ihrer Stimme. Beinahe redete sie, als sei all dies ihr, Margot, selbst widerfahren. Als wäre Janina Ast vor allem ein potentielles Alternativ-Ich gewesen. Die bekannte, beklemmende Qualität des Gedankens (sofern er nicht, wie in manchen anderen Fällen, durch Neid motiviert ist): *Das hätte auch ich sein können.* Sie sprachen wie alte Vertraute: *Aber, Paul, das ist 'ne Story. Das ist gewaltig. Daran will ich arbeiten. Dazu muss ich mehr herausfinden. Paul, aber noch mal: Du kanntest sie nicht? Weißt du irgendwas, irgendwas, das für diesen Fall relevant sein könnte? Du musst doch etwas mitbekommen haben. – Nein. Nichts. Sie war eine Mieterin, sie unterschrieb den Vertrag, sie bewohnte die Wohnung, wenige Monate, sie starb. Ich weiß auch nicht mehr als du. Ich bin ihr kein einziges Mal begegnet.*

Sie sagten einander noch so etwas wie: Ein Glück, dass es uns gut geht. Wie schön, dass wir so normal miteinander reden können. Was kochst du heute Abend? Ach ja, lecker, das kannst du ja so toll. Guten Appetit dann später.

Danach hatten sie nie wieder voneinander gehört. Das konnte er ihr nicht zum Vorwurf machen. Margot Wilhelms war eine beschäftigte Frau mit großen Ambitionen, größer, als sie jemals in ihre gemeinsame 80-Quadratmeter-Wohnung gepasst hätten. Und da, wo es für eine Ehe keinen Platz gab, gab es ihn für eine lauwarme Freundschaft mit dem Ex erst recht nicht. Ohnehin hatte er nur zwei-, dreimal nachgefragt. Er hätte öfter nachhorchen müssen, das weiß man ja. Dann hätten sie vielleicht noch einmal länger miteinander gesprochen. Dann hätten sie sich vielleicht noch einmal einander angenähert. Dann hätten sie von der neuen Technik profitieren können, die spätes Elternglück leichter erlaubt.

An einem Nachmittag, dem einige regnerische Stunden vorausgegangen waren, war Margot Wilhelms danach, der Natur der Schweizer Alpen nahe zu sein und auf ein Tal zu blicken. Margot war allein gewandert. Solch einen Ausblick hatte sie gern für sich. Der gängigen Erzählung zufolge war sie auf dem feuchten Boden unglücklich ausgerutscht und hatte das Gleichgewicht verloren. Bei dem Sturz hintenüber war ihr Kopf auf einem Stein drei Meter tiefer aufgeschlagen, ehe sie den Abhang hinunterfiel – »für die siebenundfünfzigjährige Frau kam jede Hilfe zu spät«.

Mit einem flotten Ruck springt Wachter nun aus dem Bett. Der Gedanke an Margots Sturz gibt ihm kurzzeitig Kraft, der Bewegung nach unten ein entschiedenes

Nach-oben entgegenzusetzen. Die Beine halten ihn noch gut. Den Bildband unter den Arm geklemmt, lässt er seinen dünnen Körper unter der Last seines dicken Mantels verschwinden und packt das Smartphone in die Seitentasche. Den Hut setzt er sich auf seinen kahlen Kopf, rückt die Brille zurecht und verlässt das Zimmer. Der Flur ist in ein trübes, unliebsames Gelblicht getaucht. Es riecht wie immer frisch gereinigt. Wenige Schritte später wird er auf dem Flur aufgehalten. Die Schwester schaut überrascht, und zugleich mit von sich selbst angeödeter Strenge.

»Wohin des Weges, Herr Wachter?«

Eigentlich hat sie, das hört er, keine Lust, mit ihm zu sprechen. Er gilt als gereizter Kauz, als alter Mann mit muffliger Stimmung. Irgendwann wird er nicht mehr da sein, und dann wird auch nichts mehr sein, was an ihn erinnert. Sie werden sein Zimmer räumen und neu vermieten. Niemand wird ein Andenken an ihn haben. Er will sich nicht mehr dagegen sträuben. Seine Zukunft kann ihm nicht mehr weggenommen werden. Er will am Ende zurückblicken, und dann noch einmal geradeaus.

»Spazieren gehen. Das habe ich lang nicht mehr gemacht.«

»Aber Herr Wachter! Es regnet doch.«

»Eben drum.«

Der Vater

Gaspard.

Ich habe Janina immer gesagt, dass sie alles erreichen kann. Es war mir wichtig, dass sie niemals daran zweifelt, dass sie etwas ganz Besonderes ist. *Jemand* ganz Besonderes. Jeder Tag, habe ich ihr gesagt, ist eine neue Chance, zu der Person zu werden, die sie sein möchte. Der Augenblick will ergriffen werden.

An dem Tag, an dem sie geboren wurde und ich sie das erste Mal in den Armen hielt, da beschloss ich, sie zu einer selbstbewussten jungen Frau zu erziehen, die sich von nichts und niemandem in die Schranken weisen lassen würde. Wenngleich ich damals schon ahnte, dass ich gar nicht viel dafür würde tun müssen, dass ich mit ihr bereits das größte aller Wunder berührte; ein Wunder, das mir anvertraut wurde. Ein neuer Mensch, der das Potential hat, die Welt zu verbessern. Meine verbesserte sie in der ersten Sekunde, in der ich sie erblickte. Auf einmal ergab alles Sinn: sämtliche Existenz, im Besonderen meine. Ich hatte einen Auftrag. Sie war das schönste Wesen, das ich je erblickt habe, und es war, als pulsiere aus diesem kleinen Körper heraus goldener Feinstaub, der alles, was ihn berührte, in ein sanftes Licht tauchte, das die Dinge glanzvoll erstrahlen ließ.

Gewiss, das ist Vaterstolz. Viele Eltern empfinden so. Aber haben Sie Janina einmal gesehen? Mein Gott,

dass sie ihnen Vers zur Welt beitragen wollte

bekommt man einfach so 60.000 Fans auf einer Seite, auf der man lediglich sein Gesicht zeigt? Wen interessieren schon Gesichter, gibt es sie nicht tausendfach im Alltag? Natürlich, nachdem sie verstorben war, kamen die Millionen. Aber auch davor gab es viele Menschen, die ihr auf diesem Internetportal folgten. Das muss man sich doch einmal vergegenwärtigen: *Fremde! Aus aller Welt!* Die jeden Tag das Gesicht meiner kleinen Janina sehen wollten. Dabei kamen mir diese Menschen, die mir nie wirklich begegnet sind, tatsächlich wie Freunde vor. Der Beistand aus der Öffentlichkeit war und ist überwältigend. Bis heute erhalte ich mehr Worte des Beileids und Mitgefühls, als ich durchlesen könnte. Ich kann all diesen Weggefährten der Trauer nur von Herzen für ihre Anteilnahme danken und sie sonst bitten, die Privatsphäre unserer Familie in dieser schweren Zeit zu respektieren.

Meine Geschwister und ich, wir hatten nie die Chancen, die Janina und ihre Freunde geboten bekamen. Uns stand die Welt nicht offen. Von ihrer Mutter einmal ganz zu schweigen. Das habe ich Janina auch immer wieder gesagt. Das war glasklar, das sollte sie wissen. Mein Beruf ist in Ordnung. Er zahlt sich enorm gut aus, und ich hasse es ihn auszuüben. Unser Haus war verhältnismäßig früh abbezahlt, wir hatten nie Sorgen, wie wir den Kühlschrank voll bekommen sollten; für unerwartete Kosten war ebenfalls ausgesorgt, und Einschränkungen, wohin der nächste Urlaub gehen konnte, waren uns fremd. Überall hätten wir hingekonnt und hatten doch selten die Gelegenheit dazu. Das Klingeln des verdammten Weckers jeden Morgen – bei dem schlug ich die Augen auf und die Decke beiseite und stellte den Durchhalten-Modus bis zum Feierabend an.

Das wollte ich nicht für meine Tochter. Zeit ist nicht Geld, war immer mein Motto. Das ist eine der großen, gigantischen Lügen der Neuzeit. Zeit ist so viel wichtiger als Geld. Wenn mich mein Leben eines gelehrt hat, dann das. Der Augenblick muss ergriffen werden.

Heute bricht es mir das Herz, dass Janina ihre Träume nicht verwirklichen konnte ...

Wie meinen Sie das: was ihre Träume waren? Woher soll ich das genau wissen? Es waren doch ihre Träume. Sie war ja auch noch auf der Suche. Erst Jura, dann Medizin, schließlich Politikwissenschaft und International Management. Zwischenzeitlich sprach sie davon, dass sie gerne noch ein soziales Auslandsjahr machen würde, in Guatemala oder in Vietnam. Ist das nicht toll? Oder wars Sri Lanka? Darüber sprechen die Menschen nicht, wenn der Name Bella Jolie erklingt. Dass ihr Leben doch noch vor ihr lag, dass sie so viel hätte erwirken können. Dass sie ihren Vers zur Welt beitragen wollte. So jung war sie. Ich bin ein gebrochener Mann.

Alles, was ich weiß, ist, dass sie alles, wirklich alles hätte erreichen können.

Der Lebensgefährte, Zweiter Teil

Lajos.

Wenn Janina und ich morgens aufgewacht sind, dann hatte das eine bestimmte Dynamik. Erlauben Sie mir, wenn ich diese Erinnerungen im Präsens schildere. Sie wiederholten sich auf ähnliche Weise jeden Tag aufs Neue, jahrelang, waren verlässliche Erinnerung und verlässliche Zukunftsvision in einem, und sie sind für mich in ihrem Ablauf in eine Sphäre aufgestiegen, die ohnehin keine Zeit kennt. Ein fortlaufender Endlos-Loop. Der geht so: Meistens sind wir ein bisschen wach, und plötzlich beide ganz. Sie steht schwungvoll auf. Immer der gleiche Ablauf bei ihr: der Blick aus dem Fenster nach dem Wetter, der kurze Abstecher in die Küche, das Einschalten der Kaffeemaschine, deren Filter sie am Vortag schon befüllt hat. Gang ins Bad, das Wasser kocht auf und brodelt, fertiger Kaffee bei gewaschenem Haar, Kleiden, Föhnen; ein Toast, der aus dem Metallgehäuse springt; ein Messer, das Butter über die knusprige Oberfläche kratzt. Zucker darübergestreuselt, nur ein wenig. Wie bei einem Kind. Ein letzter Kuss am Morgen, manchmal noch mit einem Zuckerkörnchen auf den Lippen. Die weiche, wache Haut nach der Dusche. Sie atmet aus allen Poren. Janina schaut noch einmal in den Spiegel, bis kein Korn mehr ist, wo es nicht hingehört; bis kein Haar mehr absteht, wo es nicht soll; ich betrachte sie dabei und bin schon wieder unsichtbar für sie; Griff nach der Jacke, der Tasche; Füße, die sich in Schuhe senken, Schnürsenkel schon zugebunden; Abmarsch.

Während all diese Dinge geschehen, liege ich weiter im Bett. Ich träume nicht weiter, ich bin knallwach. In meinem Kopf bin ich schon Wanderrouten gelaufen. Während Janina draußen macht und tut in der greifbaren Welt, die wir beide kennen – mit Wasserhähnen, die sich betätigen lassen, mit Textilien, die man sich überziehen kann, mit brennenden Herdplatten, die vergessen werden können, und Bussen, die sich verpassen lassen –, bin ich drinnen in der Welt, die nur ich direkt erlebe.

Und ich denke in dieser häufig über die ihre nach, die ich nie gänzlich erreichen werde. Mein Innenleben füllt mich aus und bereitet sich auf den Tag vor. Und auf die neuen Herausforderungen, die er bringen wird. Meistens hallt ein Traum der Nacht in mir nach. Ein Traum, den ich schon nicht mehr fassen kann, der mir aber ein Gefühl hinterlassen hat, mit dem ich mich arrangieren muss. Und wenn ich das getan habe, taste ich mich langsam in den Tag. Ich strecke mich und setze die Füße auf den Boden, stelle sicher, dass er mich hält. Janina ist zu dem Zeitpunkt wahrscheinlich schon fünf U-Bahn-Stationen gefahren und hat drei Kaffee getrunken. Ich nicht. Aber das ist okay. Wir alle stehen mit unserer Innen- und Außenwelt in einem anderen Austausch. Wir bringen sie anders zusammen. Wir wagen uns vor und ziehen uns zurück. Und all das ist gut: das Hineinkriechen und das Hinausschießen. Oder das Hineinschießen und das Hinauskriechen. All das ist gut.

Aber das Mittendrin-Steckenbleiben – das ist tödlich, und so ist es auch gekommen. Zerstückelung und Abschiebung in eine Parallelwelt. Eine vermeintliche Vervielfältigung. Ein Selbst, das sich mehrt und dabei verloren geht. Du kannst deine Existenz nicht parken und zu ihr zurückkehren, wenn du dich dafür bereit fühlst. Du kannst dich nicht bewegungslos frieren, wie ein Foto es tut. Und dann auch noch von deiner angeblich besten Seite? Wie stressig! Abziehbilder deiner selbst schaffen. Den Moment in Materie einfangen. Ich bin doch keine Fabrik, die sich selbst herstellt und konserviert. Ich bin doch so schon müde.

Langsam, ganz langsam stehe ich auf.

Teil II

Anmerkung der Herausgeberin

Bevor wir nun im zweiten Teil dieses Bandes anhand der verbliebenen »Therapie«-Mitschriften den Fokus auf die vielfach genannte Beziehung zwischen Janina Ast und Florian Kramer richten wollen, erscheint es mir notwendig, den Dokumenten einige Bemerkungen vorauszuschicken.

Wir wissen heute, dass Florian Kramer zu nachträglichen, recht fantasievollen Redaktionen seiner Schriften neigte, durch welche er sich in einen ihm wohl gefälligeren Kontext rückte. Diese Vision einer konsistent auf Erfolg ausgerichteten Lebenserzählung zieht sich als ein Hauptmotivator durch sämtliche Verhaltensmuster Florian Kramers. Für die Lektüre der vorliegenden »Sitzungsprotokolle« halte ich diese Information für unerlässlich.

Ferner sollte mitgeteilt werden, dass eine sexuelle Beziehung zwischen Kramer und Ast als wahrscheinlich gilt. Sie wird lediglich wegen des Mangels an Beweisfotos angezweifelt. Anders als mit einer Vielzahl weiterer Intimpartner, hat Ast sich nie beim Geschlechtsakt mit Florian Kramer fotografiert.

Bei dem vorliegenden Dokument handelt es sich um die Aufzeichnungen Herrn Kramers zur Patientin Bella Jolie / Janina Ast in der vierten und fünften Sitzung. Aufgrund der unkonventionellen Schreibweise des Verfassers scheint es mir vonnöten, der Lektüre auch hier einige erklärende Worte voranzustellen:

Herr Kramer[1]*, bekannt für seinen Hang, sich bereits in einem gegenwärtigen Moment in eine ruhmreiche Zukunft zu projizieren, deren selbstverständlich irgendwann eintretende Realisierung er als natürliche Gewissheit zu betrachten schien, nennt sich selbst, im vermeintlichen Auftrag seines eigenen Nachlasses, in der dritten Person. Dem entgegen steht das gleichzeitige Bestreben, sowohl eine neutrale Mitschrift zu verfassen, die wissenschaftliche Faktizität nahelegen soll, als auch auf nahezu diaristische Weise die persönliche Erinnerung zu dokumentieren. Herr Kramer, der sich in seinem Schreiben selbst ebenso gern zu einer Art Romanfigur stilisierte, hat mit diesem hinterbliebenen Fragment ein gattungstheoretisch nicht einzuordnendes Schriftstück hinterlassen. Für unser Erkenntnisinteresse hinsichtlich der »Selfie-Sucht«, dargestellt am Beispiel Bella Jolies, soll uns dies nicht weiter irreführen.*

Ich bitte die Unordnung dieses Textes zu verzeihen und weise darauf hin, dass jegliche Redaktionsabsicht die Reinheit dieses Dokuments verfälscht und eine weitere – gerechtfertigte – Analyse durch womöglich falsche Suggestionen erschwert hätte. Daher fordere ich den Leser freundlichst dazu auf, das Fragmentarische des Textes als Chance zu begreifen und neuen Deutungsmöglichkeiten

1 Der in den Protokollen manchmal vorkommende Doktortitel ist als nick name zu begreifen. Florian Kramer stand kurz vor seiner Promotion, hat diese jedoch niemals abgeschlossen.

Raum zu geben, die in den bisherigen Untersuchungen nicht bedacht wurden.

Mittlerweile wird vermutet, dass Florian Kramer bei der Verfertigung dieser Texte wie folgt vorgegangen ist: Die Akkuratesse des Dialoges lässt darauf schließen, dass der Autor – sofern es sich nicht weitgehend um das Spiel einer blühenden Fantasie handelt (auch dies gilt es noch sicher auszuschließen) – Tonaufnahmen im Nachhinein verschriftlichte, die er während der Sitzungen anfertigte. Keine solche Aufnahmen sind heute noch vorhanden bzw. jemals gefunden worden. Aufgrund der im Nachhinein vorgenommenen Verschriftlichung geht die Forschung heute weiter davon aus, dass Herr Kramer das Abhören der Aufzeichnungen immer wieder unterbrach, um seine eigenen Beschreibungen und Spekulationen dazwischen kommentierend einzufügen[2]*. Nicht zuletzt sind diese Schriften am bedeutsamsten als Psychogramm der zu diesem Zeitpunkt noch siebenundzwanzigjährigen Janina Ast zu begreifen. Florian Kramer verstarb nur sechs Monate nach dem Tod seiner »Patientin« in seiner in einem Dachboden unter dem Reetdach seines Elternhauses provisorisch eingerichteten »Praxis«, bei einem Brand, dessen Ursache bis heute ungeklärt ist. Allein diese vierte Sitzung sowie ein Fragment der fünften Sitzung sind erhalten geblieben, da er sie bei seiner Morgentoilette im Erdgeschoss zurückgelassen hatte.*

2 Vgl. Holterick, Berthold, *Toxische Reflexionen. Über manischen Autokatoptrismus in den Fällen Bella Jolie und D. J. MacLeod.* Metismann Wissenschaft, Mannheim 2022.

Wenn Sie diesen Text lesen, so behalten Sie immer im Gedächtnis, dass, ungeachtet der Erzählperspektive, Florian Kramer stets Autor dieser Zeilen ist.

Margot Wilhelms

Sitzung IV

Es ist später Nachmittag. Kein Ton dringt in den Raum. Die Patientin sitzt gerade und distanziert auf dem Sofa. Sie erscheint überdurchschnittlich gepflegt, gesund und ausreichend ernährt (schlank), aufwendig frisiert. Ihre Handtasche hat sie zu ihrer Linken gestellt, ein Seitenwechsel gegenüber der letzten Sitzung. Sie spricht gefasst.

»Ich spüre dann eine ungekannte Lust.«

»Sexueller Natur?«

»Ja, vielleicht. Etwas. Sehr. Ach, ich weiß nicht.«

»Beschreiben Sie mir die Erfahrung, Frau Ast.«

»Finden Sie den nicht seltsam?«

»Wen?«

»Meinen Namen. Ast.«

»Es ist kein häufiger, aber auch kein ungewöhnlicher Name. Was wäre daran seltsam zu finden?«

»Er passt nicht. Ich sehe nicht aus wie ein Ast.«

»Nein, gewiss nicht.«

»Sie finden mich also dick, Doktor? Mehr Stamm als Ast? Stämmig, sagt man doch, nicht?«

»Das habe ich nicht gesagt und noch weniger gemeint.«

»Finden Sie es angemessen, einer Frau unserer Zeit im Hinblick auf ihren Körper etwas anderes als Spindeldürre nahezulegen? Es könnte einen Nerv treffen. Es könnte Anorexie oder Bulimie auslösen. Was haben Sie eigentlich für ein Frauenbild?«

»Ich habe nichts nahegelegt. Durchaus nicht angemessen finde ich Falschaussagen.«

»Haha! Doktor, ich mag Sie so. Sie nennen die Dinge beim Namen, und doch nennen Sie sie bei schönen Namen. Falschaussage, nicht Lüge. Ich mag Sie so.«

»Ihr Name gilt doch mehr als Differenzierungsmerkmal. Um Sie von anderen zu unterscheiden, nicht um Sie zu beschreiben.«

»Und meine Augen, Doktor? Was ist mit meinen Augen?«

Die Patientin richtet sich ruckartig auf und beugt sich ein wenig vor. »Diesem Graugrün. In der Sonne, sag ich Ihnen, bleichen sie fast ein wenig aus, fast wie Haar, es wird ein helles Grau, haben Sie schon mal hellgraue Augen gesehen?« Ohne eine Antwort abzuwarten, fragt sie: »Wollen Sie vielleicht in der Sonne mit mir lustwandeln? Wie lange bezahlen Sie mich noch? Vierzig Minuten? Herr Doktor, das mache ich kostenfrei mit Ihnen.«

»Lustwandeln? Wie meinen Sie das?«

Nicht zum ersten Mal lässt sie eine Vorliebe für antiquierte Wörter erkennen.

»Doktor, Ihresgleichen ist doch gebildet. Woran habe ich Sie denn zu denken veranlasst? Spazieren gehen, ganz fürstlich. In prächtigen Schlossgärten. Und meine Lippen, Herr Doktor, könnte man mich mit meinen Lippen nicht von anderen unterscheiden? Ist Ihnen aufgefallen, dass meine Oberlippe nur ein wenig voller ist als meine Unterlippe? Ist Ihnen aufgefallen, dass ich heute einen neuen Lippenstift trage? Sexy Rebel, heißt er. Dieser Lippenstift wird durch sein Differenzierungsmerkmal nun durchaus auch beschrieben. Passt er zu mir? Mögen Sie zarte Orangetöne? Mögen Sie mich? Wie sehen Sie mich eigentlich? Antworten Sie mir kurz und kompakt und ehrlich! Wir reden ständig, aber beschreiben Sie mich, Doktor, zwei, drei Sätze nur ... ich will's hören, beschreiben Sie mich ...«

»Erlauben Sie, Frau Ast, ich glaube, wir begeben uns auf zu vermeidende Abwege. Im Übrigen habe auch ich einen Namen.«

»Ich nenne Sie Herr Doktor. Nein – ich nenne Sie Dr. ... Freud. Ja – Dr. Freud!«

Sie quiekt glücklich und schweigt abrupt.

»Bemerkenswert. Jetzt hören Sie auf zu reden, ohne auszuführen.«

»Bemerkenswert, Dr. Freud, mir ist, als werden Sie da ganz unsachlich. Das gefällt mir, wenn ich ein wenig Regung aus Ihnen heraushole.«

»Sie wollen nicht antworten. Lassen Sie mich zur Ausgangsfrage zurückkehren: Wie kann ich mir diese Erfahrung vorstellen? Was für eine Lust ist das? Warum müssen Sie in solchen Momenten ein Foto von sich machen? Welche Gedanken gehen dem Verlangen voraus?«

»Gedanken und Verlangen – das ist doch nahezu ein Oppositionspaar, Dr. Freud.«

Florian Kramer beobachtet die Frau, die seine Patientin ist. Sie sitzt auf dem Sofa mit übereinandergeschlagenen Beinen und trägt ein weißes Kostüm. Es würde sehr vornehm aussehen, wäre sie etwa Her Royal Highness Catherine, Duchess of Cambridge, die mit ihrem William einen königlichen Sonntagsbrunch aufsuchen würde. Schick sähe es auch aus, wenn Janina Ast eine angesehene Wissenschaftlerin wäre, die auf einer Konferenz den wichtigsten Vortrag des Tages zu halten hätte. So aber, um acht Uhr morgens, während die Vögel aufgeregt im nur zwanzig Meter entfernten Wald zwitschern und sie in seinem als provisorische Praxis eingerichteten schattigen Dachboden sitzen, wirkt es doch etwas fehl am Platz. Eine befremdliche Aura mystifiziert seine Patientin, und er hat den Verdacht, dass dieser scheinbar natürlichen Aura eine stundenlang kalkulierte Inszenierung vorausgeht. Eine Abwandlung der Janina Ast, eine Kunstfigur.

Noch weiß Kramer nicht, dass dieser Dachboden nach seinem großen Durchbruch in der Selfie-Sucht-Forschung von einer herrlichen Privatpraxis abgelöst werden wird. Anstelle des staubigen, zersessenen Sofas, das er während der Entrümpelung aus der Wohnung seiner verstorbenen Großmutter gerettet hat, werden dort lederne Designermöbel stehen. Und auch einen richtigen Schreibtisch wird er später bekommen, und eine Dame an der Rezeption! Die feinen Herrschaften werden seine Praxis aufsuchen, all jene, denen er – stehen sie doch im Auge der Öffentlichkeit – besondere Versprechen der Schweigepflicht leisten muss. Noch weiß er nicht, dass er mit seinen Erkenntnissen grundlegende Fundamente einer Kollektivseele des 21. Jahrhunderts freilegen wird. So aber sitzt Florian Kramer noch nichtsahnend als junger Mann in diesem alten Dachboden und sucht nur idealistisch und wissensdurstig nach den Erkenntnissen, die – das hat er nur vage im Gefühl – bedeutsam sein werden für ein prägnantes Verständnis dieser Gesellschaft.

Einen Hut mit großer cremefarbener Krempe und einer aufgestickten Stoffblume hat die Patientin beim Betreten des Zimmers auch getragen, doch zu seiner Erleichterung sofort abgenommen und am Kleiderhaken zurückgelassen.

»Narzissmus nennen die Menschen das. Narzisstische Generation. Selfie-Stars. Ich weiß nicht, was sie daran so beschäftigt. Ich sehe ehrlich gesagt keine besondere Komplexität in diesem Sachverhalt – und da müssen Sie mir einiges an Reflexionsvermögen zusprechen, denn wer gibt gerne zu, vielleicht doch nicht allzu komplex zu sein? Vielleicht selbst doch nur Ausdruck einer traurigen Seichtheit zu sein, in der wir unbeholfen bis zum Knöchel nur waten, wobei wir gern so tun, als wären wir dabei zu ertrinken? Ein als königliches Drama inszeniertes Spiel eines Bettelnden. Auch vor uns selbst, wohlgemerkt. Ich glaube, ein Großteil dieser Prätention ist ein performatives Verhalten, das sich verzweifelt selbst adressiert.«

Manchmal sagt sie Dinge, die ihn interessieren und bei denen ihn eine Art Neugier beschleicht; Dinge, bei denen er gerne nachfragen würde. Aber etwas hält ihn davon ab. Vielleicht ist es die Ahnung, dass dieses Gespräch ungewollt abgelenkt werden könnte, oder es ist der Verdacht, dass es ihn zu Erkenntnissen führen könnte, an denen er zu lange würde nagen müssen, als dass es ihn entsprechend mit einem Gewinn entlohnen würde, der ihn weiter unbelastet seinen Alltag beschreiten ließe. Also erwidert er darauf zunächst nur mit der Quintessenz, der Motivation seines gesamten gegenwärtigen wissenschaftlichen Tuns: »Ich sehe mehr in diesem Phänomen. Ich kann Ihnen nicht genügend Merkmale für eine narzisstische Persönlichkeitsstörung attestieren. Ich habe weder den Eindruck, dass es bei Ihnen in erster Linie um die eigene Grandiosität geht, noch, dass es sich um eine Art selbstmitleidige Vulnerabilität handelt.«

»Lesen Sie Rilke?«

»Steht diese Frage im Zusammenhang mit Ihrer Abhängigkeit, denn andernfalls, Frau Ast, möchte ich Sie ganz in Ihrem eigenen Interesse bitten, von einem plauderhaften Thema abzusehen.«

»Ich begreife, dass dies Nein bedeutet. Rilke schrieb über den Narziss etwas, was mich in den klaftertiefsten Abgründen meines Selbst berührt hat. In mündlicher Fußnote möchte ich noch anfügen: Ich weiß, ich sprach von der Seichtheit meines Seins, aber komplexe Schlaglöcher, die mich immer wieder ins Stolpern bringen, tauchen gleichwohl auf. Erlauben Sie mir dieses folgende Zitat, Doktor, denn es rührt meine Seele zutiefst. Wie Sie vielleicht schon merken, neige ich allein in meinen einleitenden Worten schon zu einer für manche vielleicht schwer erträglichen pathetischen Ausdrucksweise, die sich wohl anmutig in literarische Gewänder zu kleiden versucht und vielleicht kaum mehr als Groschenpoetik birgt. Ich bin kein Rilke, wissen Sie – zumindest, wie gesagt, rühren diese Zeilen meine Seele zutiefst, und diese nehmen Sie schließlich als Ihren Forschungsgegenstand, also hören Sie gut zu:

Narziß verging. Von seiner Schönheit hob
sich unaufhörlich seines Wesens Nähe,
verdichtet wie der Duft vom Heliotrop.
Ihm aber war gesetzt, daß er sich sähe.

Er liebte, was ihm ausging, wieder ein
und war nicht mehr im offnen Wind enthalten
und schloß entzückt den Umkreis der Gestalten
und hob sich auf und konnte nicht mehr sein.

Wissen Sie, wann Rilke das geschrieben hat?«

Florian Kramer antwortet wahrheitsgemäß: »Nein.«

»1913«, erklärt die Patientin. »Das ist von 1913. In Paris verfasst.«

Mehr sagt sie nicht – es soll für sich stehen.

»Wissen Sie, was ich sehe?«

»Sagen Sie es mir.«

»Einen wissbegierigen jungen Mann, der vorzüglich darin trainiert ist, Empathie zu zeigen, sich im Grunde jedoch nur aus rein egozentrischen Gründen um seine Wissenschaft schert.« Zwar freundlich, doch fast gönnerhaft fährt sie fort: »Ich wünsche Ihnen zahlreiche Ehrungen und Publikationen. Ich möchte übrigens nicht namentlich genannt werden in Ihren Schriften, aber das hatten wir bereits, nicht wahr? Ich kann Ihnen heute auch sagen, wie ich genannt werden möchte: Bella Jolie.«

»Frau Ast, ich danke Ihnen für Ihre ... Kooperation« – er muss ein Seufzen unterdrücken, manchmal findet er sie furchtbar anstrengend –, »aber ich bin auch da, weil ich Ihnen, sofern mir das im Laufe der Forschung dann möglich wird, helfen möchte.«

»Doktor Freud, wer Hilfe braucht, der hat meist ein Problem. Ich habe kein Problem. Wie die englische Sprache es schön zu fassen weiß: I am totally happy. Gänzlich glücklich. Auch das ist Ihnen nicht neu. Warum können Sie das nicht glauben?«

Es zuckt etwas in ihren Fingern, die Hände liegen ruhig in ihrem Schoß, doch er sieht sie kurz aufflattern, wie eigenständige Wesen, die es nach Entkommen verlangt; Entkommen ist Handlung. Dann legen die Finger sich wieder hin, reglos, wie ein einfacher, nichtiger Teil ihres Körpers. Herrin Hirn hat befohlen.

Er nickt ernsthaft auf eine Art und Weise, die bedeuten könnte: Ich verstehe Ihren Schmerz, erzählen Sie weiter. Er weiß genau, wie es aussieht und wie facettenreich der Ausdruck gedeutet werden kann, denn er hat dieses Nicken an einem sonderbaren Nachmittag, an welchem er seiner eigenen Eitelkeit nicht abgeneigt war, mehrere Stunden vor dem Spiegel geübt. Es kann alternativ auch als ein Übergangsnicken dienen, eine Zustimmung für das eben Gesagte heißen, die genau dieses an die Hand nimmt und auf neues Thementerrain überführt.

So tut er es: »Wären Sie heute bereit, über Ihre Kindheit zu sprechen?«

Sie lacht laut und wiehernd, völlig unpassend zu ihrem eleganten, gestriegelten Erscheinungsbild. Das ist das Geräusch, das sie macht, wenn sie den Eindruck bekommt, dass er zu einem sich selbst allzu sehr bestätigenden Klischee wird. »*Meine Kindheit*, Dr. Freud?«

»Gibt es viele Fotos aus Ihrer Kindheit?«

»Nein.«

»Haben Ihre Eltern nicht viele Fotos von Ihnen gemacht?«

»Nein. Es war damals auch nicht üblich.«

Verteidigt sie ihre Eltern?, fragt er sich. Oder sich selbst? Verteidigt sie das Selbstbild von jemandem, der sich nicht erlaubt, anzunehmen, dass es geliebten Menschen, denen sie so gern gefallen wollte, kein Anliegen war, das eigene Kind in Bildern festzuhalten? Oder ist ihre Definition von »viele Fotos« mittlerweile so weltfremd, dass er in solch vagen Maßangaben gar nicht erst mit ihr sprechen darf?

»Gibt es, verglichen mit anderen Menschen aus Ihrer Generation, tatsächlich nicht viele Fotografien, oder empfinden Sie es persönlich, gemessen an dem aktuellen Fotoreichtum, den Sie angehäuft haben, als wenig? Sagen wir: Gab es mehr als einhundert Fotos von Ihnen?«

»Nein, es *waren* wenige. Im Vergleich zu meinen Fotos jetzt sind es im Grunde gar keine.«

»Mehr als einhundert?«

»Glauben Sie ernsthaft, ich würde so etwas nachzählen?«

Unbedingt, denkt er. Er sagt: »Gab oder gibt es Fotos von Ihnen im elterlichen Haus an der Wand?«

»Ach. Gewiss. Das Übliche.«

Das Thema behagt der Patientin offenbar nicht.

»Was heißt das?«, bohrt er nach.

»Einschulung, Kommunion. Ein Porträt vom Schulfotografen.«

»Verstehe.«

»Nein«, giftet sie. »Sie verstehen nicht. Ich kompensiere hier nicht eine mangelhafte Demonstration von Elternliebe. Mein Vater hat mich verehrt. Machen Sie es sich nicht so leicht. Damit beleidigen Sie uns beide.«

Florian Kramer reagiert kaum. Es folgt ein für sie untypisches Schweigen der Affirmation, die in diesem Fall so etwas wie eine betretene Stille darstellt.

»Wollen Sie jetzt ...?«, flüstert sie.

Er schüttelt den Kopf. »Wir machen hier noch weiter«, bestimmt er.

»Oh!«, ruft sie plötzlich aus, und der Ton ist hoch und spitz. »Ich halte es nicht mehr aus, ich, ich muss jetzt ...« Sie kramt in ihrer Handtasche und gerät kurzzeitig in einen Zustand einer von leichter Panik angereicherten Aufregung, als sich das gesuchte Gerät nicht sofort finden lässt. Ihr Hintern erhebt sich gar flüchtig vom Sofa, er schwebt eine Handlänge darüber, in einem kurzen Hüpfer setzt sie sich auf, zieht die gesamte Tasche schließlich in bessere Suchposition direkt auf ihren Schoß, setzt sich wieder und hängt mit dem Kopf in suchender Manie darüber.

»Oh, oh, oh!«, ruft sie immer wieder und kramt und kramt, plötzlich von heftiger Nervosität ergriffen. »Jede Sekunde, jede Sekunde«, flüstert sie fiebernd, und ihm ist, als sehe er schon einen Schweißfilm auf Stirn und Schläfe glitzern; die Wangen werden rosa fleckig, und ihre langen, schmalen Finger beginnen unter dem inneren Beben zu zittern. Eine Unruhe, die in parasitenähnlichem Eigenleben durch sie hindurchpeitscht und die Kontrolle über sie zu übernehmen scheint, jagt durch ihren Körper. »Vorbei, vorbei …«, murmeln die verzweifelten Lippen. Schließlich ein Ausruf des Triumphes: »Ha!« – und sie hält das schmale, kompakte Gerät in den Händen. Im Bruchteil einer Sekunde ist die Kamerafunktion aufgerufen, Bella Jolie hält die Kamera eine Armlänge von sich und knipst und knipst und lächelt und kokettiert hingebungsvoll mit ihrem schon auf dem Bildschirm wiedergegebenen Selbst. Die Lächerlichkeit dieses Augenblicks nimmt sich dermaßen ernst, dass sie nicht mehr lächerlich ist. Für den Moment ist Florian Kramer inexistent. Er wird zu einer überflüssigen Präsenz inmitten eines intimen, rituellen Augenblicks. Er ist fasziniert.

»Wissen Sie, was ich Ihnen noch verschwiegen habe?«

Mit einer aufmerksamen und aufmunternden Neigung des Kopfes fordert er sie auf fortzufahren. Er bemüht sich um einen interessierten, wenigstens neutralen Gesichtsausdruck. Hier ist Vorsicht geboten. Neutralität, das weiß er, wird oft in einen Ausdruck der Langeweile umgedeutet.

»Dass die Selfie-Sucht eine andere, sich anbahnende Sucht abgelöst hat. Sie hat schon substituiert, was noch nicht war. Sie war sozusagen ein präventives Heilmittel.

Sie betrifft auch niemand anderen als mich, kein anderer Mensch wird durch sie beeinflusst. Nur mein Handy und ich. Nur der Akku und ich. Nur das seelenlose Ding und ich. Eine Besserung, nicht wahr?«

»Halte ich das richtig fest? Sie empfinden es als Besserung, keine zwischenmenschliche Verbindung einzugehen.«

»Keinen anderen Menschen mit meiner Sucht zu belasten«, korrigiert sie. »So wie früher, wo mein Bedürfnis mein wechselndes Gegenüber zeitweise sehr überfordert und unter Druck gesetzt hat.«

»Von welcher sich anbahnenden Sucht sind Sie losgekommen?«

»Ach, Doktor Freud!« Sie atmet schwer aus, nach Leibeskräften – es überrascht ihn, dass in ihr, die doch bislang kaum merklich geatmet hat und doch geatmet haben muss, da ihr Kreislauf sie stabil auf seinem Sofa hält, dass sie so viel Luft in sich hat, die sie in fast enervierender Manier nun wieder aus ihren Lungen verabschiedet – ihre Mimik gleicht der einer jungen, ungeduldigen Mutter, die ihrem Lausebengel eine einfache Sache, die für das Kind doch so kompliziert sein mag, zum hundertsten Mal erklärt. »Ich war nahezu liebessüchtig, Doktor. Vielleicht haben Sie letzte verbale Spuren davon in meinen Äußerungen bereits bemerkt. Ich schäme mich, aber nicht mehr so sehr, nicht vor Ihnen. Sie sehen das Ganze ja diagnostisch und sehr klug. Meine Vagina war kein alles verschlingendes Monster.«

»Als Abhängigkeit ist es ein Leiden, und so sehe ich das als Arzt.«

»Genau.«

»Wir wollen heute über eine andere sprechen«, sagt er, als habe sie schon wieder in unangebrachter Weise einen taktischen Weg der Ablenkung eingeschlagen; dabei hat sie nun vielleicht einen Kern des Ganzen getroffen, ein einzelnes Licht im Dunkel erhellt, und sie sieht in den eifrigen Kritzeleien in seinen Unterlagen, dass er das wohl erkannt hat. Sie gibt sich nicht der Illusion hin, dass er ihr wirklich helfen könne. Das ist ihm auch kaum möglich, ohne das Phänomen als solches begriffen zu haben, die möglichen Ursachen zu kennen. Sie ist Teil seiner Forschung. Er begibt sich an die Front. Auf das Schlachtfeld. Er lauscht ihr. Er bezahlt sie dafür. So wie Freud durch viele Sitzungen und Gespräche mit Patienten, denen bis dahin noch kaum zu helfen war, seine Theorien entwickelte und aus diesen Begegnungen erst ableitete, so ist sie ihm sein Gesprächspartner, eines seiner Fallbeispiele.

»Lieben Sie Ihre Fotos?«, fragt er. »Mit welchen Gefühlen sind diese Bilder besetzt?«

»Liebe, absolut«, sagt sie sofort. Er hat selten so schnell jemanden der Liebe zustimmen gehört. »Ich halte das für gesund. Das ist meine Auffassung. Meine Fotografien haben mich mir selbst näher gebracht. Würden Sie, Dr. Kramer, sich bei Nacht mit einer kleinen Pinzette in mein Schlafzimmer schleichen und diese kleine Pinzette ganz vorsichtig in eines meiner Nasenlöcher führen und ein Härchen rauben – ich würde es merken! Vielleicht würden Sie unbemerkt das Zimmer verlassen und ich würde selig weiterschlafen, aber bei dem ersten Foto aus der Untersicht, da würde ich es merken.«

»Was noch?«

»Was ich noch bemerken würde? Alles. Klauen Sie mir eine Wimper, ein Haar meiner Augenbraue, ja, wischen Sie mir mit einem Zauberschwamm eine Sommersprosse von der Wange.«

»Verzeihung, die Frage war unklar formuliert. Ich wollte wissen: Welche Gefühle verbinden Sie noch mit diesen Fotos?«

»Stolz.«

»Weil?«

»›Das bin ich.‹«

»Was noch?«

»Ehrfurcht.«

»Weil?«

»›Das werde ich nie mehr gewesen sein.‹«

Die Aussage regt etwas Starkes in ihr. Wieder beginnt sie zu zittern. Sie ringt mit sich. Aber sie schafft es nicht, sie kommt nicht dagegen an. Diesmal liegt das Handy griffbereit. Sofort macht sie die Aufnahmen, diesmal lächelt sie nicht. Als sei keine Zeit dafür. Als sei die Sache zu ernst dafür. Das Anfallartige erstaunt ihn immer wieder. Es ist ihrem Leiden charakteristisch. Es handelt sich um kein Verlangen, das langsam in einen Zustand des Nichtaushaltens übergeht und schließlich in Entzugserscheinungen oder einem Nachgeben der Abhängigen resultiert, denkt er. Er teilt ihr diese Beobachtung mit. Sie widerspricht.

»Nein«, sagt sie. »Es *ist* ein schleichender Vorgang, Doktor. Sie aber sehen nur, was plötzlich durch mich hindurchbricht. Und was durchbricht, ist die Panik. Die Panik lähmt den Verstand und die Beherrschung, die es mir zuvor noch ermöglicht haben, Ihnen nichts von dem immer penetrierenden Wunsch, mich zu fotografieren, zu zeigen. Die Panik aber schreit: Jetzt oder nie! Und: Jetzt schon zu spät! Sie kennen das doch: Erst schwappt sie einen an und Sie können vielleicht noch an sich halten. Dann aber bricht sie über Sie hinweg, gleich einer großen, übermächtigen Welle, und in Ihrer plötzlich empfundenen Ohnmacht, in der heißen Angst, spüren Sie, dass Sie sofort etwas tun müssen, oder Sie werden ersticken. Die Bedrohung ist existenziell. Sie müssen handeln. Sie müssen, oder Sie sterben.«

Er schreibt in seinen Notizen.

»Doktor, darf ich Ihnen etwas anvertrauen?«

»Bitte.«

»Manchmal, da möchte ich mich umbringen. Und dann frage ich mich: Aber welches Foto werden sie auf den Trauerkarten einfügen! Und könnte ich das vorab mitbestimmen? Welches Foto könnte allumfassend, treffend genug sein, um mich als letztes zu repräsentieren? Nie war ich immer glücklich, nie war ich immer traurig; ja, selbst in den einzelnen Momenten, in denen ich glücklich oder traurig war, war ich nie vollkommen nur eines davon! Nur wenige Fotos können das begreifen. Ich könnte mir eines aussuchen, Abzüge vorab online bestellen und schon gedruckt neben mein Testament legen. Es müsste eines sein, welches sich gut im Kerzenschein macht, aber natürlich spielt die Qualität und Beschaffenheit des Papiers hier auch eine Rolle. Auf glänzendem Papier reflektiert das Licht schließlich anders als auf mattem. Oh, hier eine Auswahl zu treffen, während doch alle halbe Stunde eine neue Option hinzugefügt wird, wie soll das nur gehen?«

»Haben Sie eine ernsthafte Handlungsabsicht?«

»Fotos zu drucken? Kleiner Scherz. Da lauschen Sie auf, bei suizidalen Tendenzen, ich weiß schon. Ach nein, wahrscheinlich nicht. Was weiß ich schon. Nur ein bisschen Spielerei. Gedanken, Sie wissen doch, Gedanken ...«

»Ich nehme diese Gedanken sehr ernst, Frau Ast.«

»Kommen Sie mir doch entgegen, Dr. Kramer. Sind Sie nicht mehr Freud, bin ich nicht mehr Ast.«

»Wie wollen Sie genannt werden?«

»Das wissen Sie.«

»Gut. Frau *Jolie*, ich nehme alle Ihre Gedanken sehr ernst, und insbesondere solche, die Ihr Wohlbefinden gefährden.«

»Mein *Wohlbefinden*, Doktor? Ich fühle mich verlockt.«

»Ihre Gesundheit«, korrigiert er sich und rügt sich in Gedanken für die unachtsame Formulierung.

Miteinander schweigen sie eine Weile und gehen privaten Gedanken nach.

Dann erzählt die Patientin: »Ich habe dieses Wochenende einen Film gesehen, von einem Arthouse-Regisseur, Nicolas Winding Refn. Er ist Däne, scheint mir aber mittlerweile amerikanische Produktionen zu machen.« Die Patientin resümiert in einem für sie ungewöhnlich sachlichen Ton den Inhalt des Filmes.

»*The Neon Demon*, heißt er. Die junge Protagonistin – Heldin mag ich sie nicht nennen – ist gerade mal sechzehn Jahre, ein blondgelocktes, blauäugiges und weichherziges Unschuldsding. Lebt in einem heruntergekommenen Motelzimmer, so einer abgerockten Bleibe für die Armen, wo sich eines Nachts eine wilde Raubkatze einschleicht und der Manager die Minderjährige im Zimmer nebenan vergewaltigt. Das Rumpeln und das Schluchzen dringt durch die dünne Zimmerwand. Ein Waisenkind ist das Mädchen übrigens, ich weiß nicht, warum das für die Geschichte wichtig ist, außer für den Umstand, dass ein Ausweichen auf ein Motel auf diese Weise realistischer scheint und wir keine Versäumnisse des vermeintlich fürsorglichen, familiären Paternalismus erklärt bekommen müssen. Ade, Welpenschutz! Es ist ein grellfarbenes, albtraumhaftes Spektakel, das da inszeniert wird. Ein liebliches, zuckersüßes Mädchen mit einem Traum von Ruhm und Erfolg zieht in die kalte Showbiz-Welt Los Angeles, um dort in der Modewelt Karriere zu machen. Sie kennen die Dynamik: die Naive und das Satanische.«

»Erzählen Sie mir jetzt das Schauermärchen der gebrochenen Träume Hollywoods? Erzählen Sie mir die bösartigen Stories der sogenannten Castingcouch?«

»Oh nein, das Mädchen hat Erfolg, von allen Seiten. Jesse heißt sie, und alle lieben Jesse. Jesses Haut sieht aus wie von Bädern aus geschmolzenem Elfenbein umspült, ihre attraktiven Haare sind unschuldig und blondgelockt und umsäumen ihr glitzerndes Gesicht wie ein dekorativer Rahmen zur Zelebrierung der unberührten Schönheit. Aber ihre Neider sind ihr dicht und wachsam auf den Fersen. Sie blähen ihre Nüstern und sie fahren ihre Krallen aus. Sie werden animalisch, wenn sie ersehntes Blut wittern. Immer wieder begegnen ihr dieselben, blutjungen Frauen, die schon nicht mehr jung genug sind. Sehr oft im Übrigen. Ich glaube nicht, dass man in einer Metropole wie Los Angeles so häufig zufällig aufeinandertrifft. In der Traumstruktur natürlich schon. Dort trifft man den anderen in sich selbst. Szenenweise oszilliert Jesses neu aufkommende Selbstverliebtheit in ganz trägen Szenen, die wohl in eine transzendentale Erfahrung des Sich-in-sich-selbst-Verliebens überführen sollen: Wir sehen geschminkte, blasse Gesichter, Spiegelungen und Münder, die sich selber fasziniert betrachten, küssen und mit der Zungenspitze das eigene Ich zu ertasten versuchen. Aber Glas bleibt kaltes Glas, und die Zunge findet keine Liebkosung, sondern nur glatte, rutschige Fläche, über die ihr Speichel hinunterläuft. Im Film heißt es: Beauty isn't everything. It's the only thing. Wenn Sie mich fragen: ein effektheischendes Wortspiel, ein bisschen cool, ein bisschen bedrohlich, und dennoch die zwei besten Sätze im ganzen Film. Der Regisseur zitiert sich selbst. Neonfarbener Dämon ist Programm in seinem Werk, immer. Das Dämonische ist grell geworden in unseren Zeiten. Es ist nichts mehr, was sich versteckt und uns nachts heimlich attackiert und aus dunklen Gassen ätherisch materialisierend zu uns heranschleicht, es ist groß und leuchtend und wir pilgern diesem Licht entgegen wie Sonnenanbeter. Millionen kleine Luzifers, die sich wie Fruchtfliegen an die Oberfläche des

sündhaften Versprechens drängen und ihren Teil beanspruchen, sich in das Verderben hineinzufressen, hineinzukonsumieren.«

»Ich bin mir nicht sicher, ob ich Ihnen noch folgen kann.«

»Schreiben Sie auf, was ich gesagt habe, und lesen Sie es immer wieder. Sie werden es verstehen. Wenn wir alle in die Hölle sollen, ist sie vielleicht für einige von uns schon zu voll.«

Nicht zum ersten Mal hat Florian Kramer den Eindruck, dass Reden vielleicht eine Tätigkeit ist, welcher die Patientin noch lieber nachkommt als dem Fotografieren. Aber, das weiß er schließlich, eine Abhängigkeit von dem, was man gerne tut, besteht ja ohnehin nicht gleich. Diese Erzählung hat Exkurscharakter, empfindet er weiter. Die dramatische Konnotation klammert er aus – er schreibt sie ihrem darstellerischen Wesen zu.

Florian Kramer nimmt seine Arbeit sehr ernst und sieht sich mittlerweile mit einer Art Sackgasse konfrontiert. Er muss die Patientin zurück auf die Spur lenken. Sie müssen weiterkommen. Sie haben sich mittlerweile ein wenig kennengelernt, er kennt viele ihrer Gedanken, schon manche ihrer Eigenheiten. Aber das reicht nicht. Sie lässt ihn immer wieder gegen ihre Fassade stoßen. Was weiß er bislang über sie? Was hat sie in den drei vorangegangenen Sitzungen, die er bereits mit ihr hatte, schon offenbart? Zunächst: erstaunlich wenig. Geredet hat sie von Anfang an viel. Sie spricht schon, sobald sie den Raum betritt. Sie spricht auch schon, *bevor* sie den Raum betritt. (»Doktor, hören Sie mich? Ich habe geklopft!«) Es folgen häufig lange Ausführungen, angeblich Assoziatives, das ihm dennoch merkwürdig konstruiert erscheint. Nur langsam ist er zum eigentlich Inhaltlichen vorgedrungen, nur allmählich beginnt sie, ihre Gedanken und ihre Weltansicht, die so viel Licht auf ihr Verhalten werfen, mit ihm zu teilen. In der ersten Sitzung hat sie fast nur Fotos von sich gefertigt (er hatte mehr den Eindruck, dass sie ihm damit lediglich die exklusive Eigentümlichkeit ihres Exzesses demonstrieren wollte und eigentlich spätestens nach fünfzehn Minuten selbst keine Lust mehr hatte) und einige ältere mit ihm geteilt. Genauestens hat sie die Fotos kommentiert, mit einer erstaunlichen Beobachtungsgabe fürs Detail. Sie schilderte ihm, worin die Unterschiede der einzelnen Bilder lagen, und arbeitete ihre jeweilige Charakteristik mit einer Leidenschaft und Interpretationsbegabung heraus, welche jeden Kunstprofessor beeindruckt hätten. Ihre Vorstellungskraft ist ansteckend; zweifellos ist sie etwas, das sie weitergeben kann. Und er beginnt zu sehen, was sie sieht: Nicht eines dieser Bilder ist einem anderen völlig gleich. Selbst wenn sie dasselbe Gesicht innerhalb derselben Minute zeigen, vor demselben Hintergrund, wenn weder Körper noch Gesichtsposition sich verändert haben, ja selbst wenn die Fotos innerhalb derselben fünf Sekunden aufgenommen wurden: nicht eines ist mit einem anderen identisch oder zu verwechseln.

Bella Jolie hat den noch klareren Blick. Sie kann ihre Fotos unterscheiden, wie eine Mutter es mit Hundertlingen könnte. Ihre Kindheit sprach er in den ersten Sitzungen sofort an. Darüber wollte sie nicht sprechen. Sie will Fotos anschauen und Fotos machen (und sie will quatschen). In dieser Hinsicht ist sie ein Stück weit selbst noch Kind. Das Hin- und Hergerissen-Sein zwischen diesen beiden Polen scheint sie spürbar anzustrengen. Beides zugleich ist schließlich nicht möglich. Die Patientin hat Fotos in allen möglichen Momenten ihres Lebens von sich gefertigt: in der Bahn, im Bad, laufend auf der Straße, in einem Aufzug, im Flugzeug (»Das war eine besondere Herausforderung, trotz Flugmodus wird man immer noch angehalten, die Geräte bei Start und Landung auszuschalten!«), beim Schlafen (»Leider muss ich zugeben, dass dies gestellt ist, auch wenn ich mir das bewusste Schlafwandeln mit nichtsnutzigen Ratgebern für diesen Zweck anzueignen versucht habe«) und beim Sport. Ihr Gesicht: weinend, in einer Schmerzgrimasse verzerrt, melancholisch-beruhigt nach versiegten Tränen, euphorisch grinsend, erschöpft und wohlig nach erlebtem Orgasmus, mit aufgerissenem Mund und geschlossenen Augen beim Orgasmus selbst, das Bild etwas verwackelt (»Ich konnte nur schwer stillhalten«).

»Am Ende findet die junge Frau die höhere Einsicht, dass die wahren Werte sich im Charakter eines Menschen verbergen?«, fragt Florian Kramer der Höflichkeit halber. Er möchte nicht mehr über Filme sprechen und das Thema schnell abhaken, am besten mit einer banalen, allgemeingültigen Moralaussage, auf die sie sich diskussionslos einigen können.

»Aber mitnichten«, entgegnet die Patientin, »ihre Neider verfolgen sie bis in eine prunkvolle Mansion, töten sie durch einen Stoß in einen leeren Pool und verspeisen die Schönheit in einem vampirhungrigen Anfall von Einverleibung. Es scheint auch zu klappen: Zwei der Mörderinnen erhalten kurz darauf einen Fotojob. Aber eine von ihnen rennt, kaum fertig gestylt, heraus, aufgrund starken abdominalen Unwohlseins. Schließlich würgt sie den verzehrten Augapfel des Modelmädchens wieder hervor.«

»Klingt nach einem interessanten Film.«

»Nein, gar nicht.«

Sie schaut auf ihre Fingernägel und runzelt die Stirn, als sei ihr soeben eine unerfreuliche Unebenheit in der Lackierung aufgefallen. »Es war das Klischee mit den eingestreuten Schockmomenten. Das finde ich nicht interessant, Herr Doktor. Das ist doch nicht, weshalb ich mich fotografiere. Ich reihe mich nicht ein in eine Linie der Vergleichbarkeit, weder mit anderen noch mit einem vermeintlichen Ideal. Mich verlangt es nach keinem Blut der Makellosen. Ich strebe nichts anderem entgegen als dem Moment. Das Original des Augenblicks wird immer verronnen sein. Aber ich kann Kopien fertigen. Und wenn ich mich betrachte, dann suche ich nicht nach Makel, sondern ich suche nach Wandel. Schönheitssucht ist das nicht. Es hat mich nicht verwundert, dass Sie mich gefragt haben, ob ich kosmetische Operationen vorgenommen oder in Erwägung gezogen habe, aber schon während Sie diese Frage stellten, sind Sie in meiner Achtung ein wenig gesunken. Was für eine platte, vorherrschende Ansicht! Was für eine rasche Zuordnung zwecks einfacher Erklärbarkeit! Ich bitte Sie. Nein, nein und nochmals nein!«

»Gefällt Ihnen, was Sie sehen?«

»Natürlich. Ihnen nicht?« Bella Jolie setzt sich auf, ihre ganze Haltung erhält etwas hierarchisch Erhabenes, jetzt, so liegt es spürbar in der Luft, setzt sie zu einer bedeutsamen Aussage an. »Die meisten Menschen, Dr. Kramer, missverstehen meinen Hintergrund. Ich mache diese Fotos nicht aus reiner Selbstverliebtheit. Ich mache sie aus Selbstinteresse. Es ist ein Selbstinteresse an der Kostbarkeit jedes einzelnen Augenblicks und an der Möglichkeit, nein, eigentlich der Verantwortung, jeden einzelnen davon zu dokumentieren. Der einzelne Moment lässt sich nicht auf später verschieben. Das liegt in der Natur der

Sache. Kennen Sie das, wenn Menschen zu Ihnen sagen: Heute siehst du anders aus. Oder: Auf diesem Foto bist du gut getroffen. Was, zur Hölle, bedeutet das? Wer entscheidet, was das Original ist, aufgrund von dessen Abweichung so ein Urteil überhaupt erst getroffen werden könnte? Jedes meiner Fotos ist eine Gratulation an die Gegenwart, eine Verabschiedung an das Bald-nicht-mehr-Gewesene und ein Willkommen an das neu Hinzugekommene. Oh, siebtes Fältchen unter dem rechten Auge, rufen meine Sinne, wenn ich das Foto kurz darauf betrachte, willkommen, du siebtes neues Fältchen, dich kannte ich noch nicht! Wirst du bleiben? Denn sie bleiben nicht alle, Dr. Kramer, manche besuchen ein Antlitz nur vorübergehend, sie huschen über meine Haut wie ein kleiner, erinnernder Besucher der Endlichkeit. Die Menschen sprechen immer nur davon, dass sie neue Falten bekommen haben; aber haben Sie schon mal jemanden sagen – und ich benutze bewusst dieses Wort, und nicht etwa staunen oder frohlocken oder bedauern – haben Sie schon mal jemand *sagen* hören: ›Ich habe alte Falten verloren‹? Ich feiere es: Oh, willkommen, merkwürdig melancholischer Ausdruck, du bist mir neu; und kleine schüchterne Sommersprosse, die sich erst langsam, so sieht es aus, an der Wangenoberfläche zu formieren traut!

Und während ich mir diese Fotos ansehe, Doktor, *während ich mir diese Fotos ansehe*, genau in dem Augenblick, da ist es mir nicht möglich, weitere zu fertigen. Diese einmalige Gelegenheit also muss ich vergehen lassen. Können Sie sich vorstellen, wie ungeheuer frustrierend das ist, wie furchtbar und grausam für denjenigen, der sich seiner Existenz gegenüber doch so dankbar und interessiert zeigen will, jede Sekunde eine verstorbene Chance, dem Ich ein Betrachten zu schenken. Und selbst wenn es Ihnen gelingt, den einen Moment einzufangen – Sie müssen darin immer eine Entscheidung treffen. Lächeln oder ernst schauen? Charismatisches Hollywoodlächeln, Gewinnergrinsen einer Verkäuferin oder Ernsthaftigkeit einer Intellektuellen? Sehen Sie, Sie können gar nicht pragmatisch sagen: ›Zuerst mache ich ein ernsthaftes Foto und dann ein lächelndes, somit habe ich beides‹. FALSCH! Sie haben Moment A und Moment B, und, so will ich ja längst erklärt haben, dazwischen liegen natürlich die Momente A.1, A.2, A.3., ehe sie sich mit Moment B.100, B.99. B.98 auf halber Strecke treffen ... Ich spreche nicht nur von Sekunden, Doktor, ich spreche von den kleinsten und winzigsten Zeitpartikeln, die das Auge unserer Empfindung gar nicht erst wahrzunehmen vermag! Denen selbst eine ganze Fotoreihe von zwanzig Klicks hintereinander niemals gleichkommen könnte! Das Einfangen der Fotografien, das ist wie, wie, wie ... wie mit großen groben Schaufeln im Sand zu graben und dabei wie durch ein Sieb sämtliche Elemente, die dazwischen rinnen, zu verlieren! Sie können gar nicht gewinnen!«

Oh, sie sieht traurig aus. Und erregt. So ehrlich ergriffen von der inneren Wahrheit, die sie in sich selbst gefunden hat. Gefunden oder erfunden?, fragt Florian Kramer sich. Und wie könnte das je sicher bestimmt werden? Und wieso war das überhaupt bedeutsam für jene Wahrheit, die sich in jedem selber denkt? Und warum gefällt er sich nun auch in Wortspielen? Nein, sie steckt ihn an.

Sie steckt ihn an, pfui Teufel, mit ihren bohrenden Fragen, dem philosophischen Grübeln – und wenn sie so weitermacht, dann auch noch mit ihrer Melancholie und den pathetischen Ausschweifungen.

Nein, für eine oberflächliche Sich-selbst-Porträtierende hat er sie nie gehalten. Für einen Moment verliert er die Anständigkeit und betrachtet mit der hingebungsvollen Bewunderung eines Verehrers das Gesicht der Patientin. Die graugrünen Augen, die schmale Nase, die vollen Lippen, das braune Haar und die schöne blasse Haut, auf der sich ein paar Sommersprossen sprenkeln, so unscheinbar, als würden sie unter transparentem Papier gehalten werden. »Volle Lippen«: sein beschreibendes Denken zitiert klischeehaft Auszüge aus genau der Welt, die sie »da draußen« nennen.

Die Patientin signalisiert Florian Kramer nonverbal, dass sie gerne Geschlechtsverkehr mit ihm hätte. Sie tut dies, indem sie ihren Oberkörper sinnlich nach vorne reckt und gleichzeitig die Spreizung ihrer Beine etwas öffnet. Er bemerkt sehr wohl eine zu vernachlässigende natürliche Reaktion seiner Physis, weiß diese jedoch mit Contenance professionell zu verbergen und als hormonell hervorgerufene, alltägliche Lappalie sich aufstauenden Blutes einzuordnen.

Die Patientin fragt ihn, ob er sie schön finde. Er erwidert, dass er diese Frage nicht für angemessen halte.

Sie schmollt eine halbe Minute. Dann setzt sie sich wieder anständig in das Sofa und fährt unbeirrt fort: »Und wissen Sie, was noch? Nicht nur müssen Sie sich für einen Ausdruck entscheiden; Sie müssen sich auch für ein Körperteil entscheiden. Natürlich scheint einem das Gesicht die sinnvollste Option zu sein – es ist ja am bewegtesten, nicht wahr? Es zeigt die intensivste Regung und ist neben dem Haar auffälligster Indikator für das Alter. Ja, im Gesicht passiert am meisten. Natürlich entscheide ich mich für das Gesicht. Und dennoch: Alles andere ändert sich im Verborgenen. Ich fragmentiere mich zwangsläufig. Das Gesicht bekommt eine Liebe, die dem Rest meines Körpers verwehrt bleibt. Ist das in Ordnung, ist das fair?«

»Sie sagen, Sie haben Empathie mit den weniger beachteten Teilen Ihres Körpers?«

»Oh ja. Ich denke: Armes Knie, tut mir leid!; armer Zeh, auch du wärst der ständigen Fotografie würdig; kleines sprießendes Schamhaar, nie werde ich dich festhalten, und gleich schon werde ich dich wegrasieren. Du wirst nur ein abgetrennter Teil von mir sein, vergessen in den Tiefen des Kanalwassers, wertlos schwimmen zwischen Fäkalien, Ratten und Tampons, die niemand hätte runterspülen dürfen.«

Florian Kramer notiert die alarmierenden Gedanken in seine Unterlagen. Ihm ist bewusst, dass seine Reaktion ihr signalisiert, etwas Bedeutsames in Bezug auf ihre Persönlichkeit gesagt zu haben. Sie denkt sofort darüber nach. Sie beschließt, es zu relativieren. Sie sagt nämlich seufzend, fast wie in einem lustigen Kommentar über die eigentliche Aussage: »Ach, Herr Dr. Kramer, manchmal, da bin ich einfach etwas pathetisch.« Sie schweigt, und fügt schließlich hinzu: »Doch ich meine das schon ernst.«

Sie fragt Florian Kramer, ob er ihre Brüste sehen möchte. Er verneint, und es fällt ihm nicht schwer. Sie fasst sich kurz hin, wie um festzustellen, ob sie noch da sind. Ihre Brüste, verrät sie, sind nach ihrem Gesicht und ihren Händen ihr Lieblings- Fotoobjekt. Dann sagt sie plötzlich: »Sie haben das Rilke-Gedicht bereits vergessen, nicht wahr?«

»Bitte?«

»Das Gedicht. Ich habe es vorhin vorgetragen, auswendig, und Sie haben nicht mal mehr daran gedacht.«

»Nun, ich habe es nicht vergessen.«

»Aber Sie haben nicht mehr daran gedacht. Viel schlimmer noch. ›Etwas vergessen‹ und ›nicht mehr an etwas denken‹ sind nicht dasselbe. Dass Sie nicht mehr daran gedacht haben, demonstriert einfach Ihre Gleichgültigkeit gegenüber meinen Aussagen, ein einschlägiges Filtern Ihrerseits der Informationen, die Sie hören wollen, die Sie für relevant halten. Hätten Sie das Gedicht tatsächlich schon vergessen, Herr Doktor, dann müsste ich mir ernsthafte Sorgen um Ihr Gedächtnis machen, hätte aber diese Nachlässigkeit nicht persönlich zu nehmen.«

»Wollten Sie noch etwas dazu sagen?«

»Zu Ihrem Gedächtnis?«

»Zu dem Gedicht.«

»Sie dachten sich, da zitiert sie einfach etwas Schönes im halben Zusammenhang und hat wahrscheinlich kaum darüber nachgedacht. Schämen Sie sich.«

»Worüber sollte ich denn in Bezug auf das Gedicht nachdenken?«

»Was tun die Dichter?«, fragt Bella Jolie. »Kramen Sie, Herr Dr. Kramer. Besinnen Sie sich auf den Deutschunterricht. Was tut der Dichter immer wieder? Wovon will er berichten?«

Florian Kramer schweigt. Er muss sich keine Blöße geben. Er sollte nicht derjenige sein, der die Fragen beantwortet. Die Patientin werkelt kontinuierlich an der Verdrehung der klar definierten Rollen. Sie glaubt sich in dieser Position weniger verwundbar. Es ist, als plappere sie, um nichts preisgeben zu müssen, und klärt doch so viel.

»Das Gute, das Schöne und das Wahre«, sagt sie nun. »Der mythologische Narziss ist verflucht. Ihm ist gesetzt, sich anzuschauen. Auch meine Sucht ist ein Fluch. Davon berichtet er, der Dichter.«

»Sie würden also doch sagen, dass Sie leiden?«

In ihrem Nachdenken sieht sie unsagbar traurig aus. Es ist, als klopfe sie an viele geschlossene Türen ihrer Innerlichkeit, die sie nicht zu öffnen vermochte. Dies sind die spannendsten Momente für ihn als Therapeuten. Wo wird ein Spalt sich öffnen und Erkenntnis hindurchsickern? Schließlich aber hebt sie resigniert die Schultern. Sie hebt sie zunächst nur, sie lässt sie nicht sofort wieder sinken. So wird es kein Schulterzucken, es wird ein Schulteranheben. Für den Moment liegen ihre Schultern schief zueinander. Das wird sie nicht fotografieren können. In dem Moment, wo sie das Telefon zur Hand nimmt, wird sich die Schieflage lösen. Diesen Anblick hat nur er. »Wissen Sie«, sagte Bella Jolie mit abgeklärter Stimme, und ihre Augen, ein trübes Grau mit einem mattgrünen Schimmer, senken sich klar in die seinen, »das Herz des Fluchs ist häufig, dass er uns gefällt.«

Diesen Satz würde er mehrfach aufschreiben. Er hat vielleicht wenig mit seiner Forschungsarbeit zu tun, aber er gefällt ihm. Auch wenn er erbarmungslos gravitätisch ist.

»Wer hat Sie verflucht?«, fragt Florian Kramer nach.

Sie schüttelt den Kopf.

»*Was* hat Sie verflucht?«

Keine Antwort.

Nach der Sitzung sieht sich Florian Kramer seiner professionellen Sittsamkeitspflicht entledigt, und er legt das Notizheft auf den Tisch und setzt sich zu ihr. Sie vollziehen den Koitus in gewohnter Manier. Nach angemessener Dauer ist das Liebesspiel vorbei. Fräulein Ast steht auf, benutzt noch einmal die Toilette und verabschiedet sich bis zur nächsten Sitzung. Ihr Haar ist etwas durcheinandergeraten, die Lippen ein wenig geschwollen, sie wird es bald in einem Foto festhalten. Sie sieht aus wie eine Donna Bella, Donna Jolie. Gott, was für eine schöne Frau! Jetzt gibt Florian Kramer sich hin, das anzunehmen. Jetzt darf er es wahrnehmen. Er zergeht. Florian Kramer fühlt sich stolz, sie genommen zu haben. Der Geschlechtsakt hat sie für den kurzen Moment zeitloser Entzückung von ihrer Sucht befreit. Bella hat nicht ein Foto gemacht. Sie hat nur existiert, mit ihm. Sie nennt ihn ihren lieben Muffin, was er ihr innerhalb dieses Dachgeschosses verboten hat. Dann greift sie nach ihrer Hutkrempe und verlässt den Raum.

Eines Tages, denkt er, wird es diese Aufzeichnungen noch geben. Sie werden überleben. Jemand wird ihre Bedeutung erkennen. Jemand wird sie als wichtiges Dokument einer psychosozialen, historischen Forschung erkennen.

*

Sein steifer Nacken freut sich, als er nun den Bildband zur Seite legt. Wachter befindet sich an einem Abhang. Es ist nicht derselbe, den Margot hinuntergestürzt ist, nicht ein Zwanzigstel so imposant ist er und nicht ein Hundertstel so furchteinflößend, aber das tut nichts zur Sache. Auf Höhen, von denen es steil bergab geht, fühlt er sich ihr nahe. Wachter hat sich hierhin gesetzt, als wäre er im Begriff, gleich eine Picknickdecke auszupacken. Doch er hat nur den Band hervorgenommen, in den er die letzte Stunde versunken gewesen ist, und sein Smartphone. Er sieht sie vor sich, Janina Ast, Bella Jolie, eine extravagante Figur in einem dramatisch-komischen Comic, und er sieht Dr. Kramer, beide unter dem Reetdach, Momente in der Zeit, festgehalten durch diese Schriftstücke. In seiner Vorstellung sitzen die beiden sich direkt gegenüber, und auch er, Wachter, ist da. Sein Stuhl befindet sich in entfernterem Abstand in der Mitte der beiden; so bilden sie ein Dreieck, das die Interaktion der beiden zu einem Bühnenspiel und ihn zum exklusiven Zuschauer macht. Doch sie bemerken ihn nicht, weil sie den Blick zu sehr aufeinander gerichtet halten, auf der Suche nach dem, was der jeweils andere in ihm erkennt. Die nasse Wiese durchfeuchtet seine Hose, trotz des langen Mantels, der ihm weit über den Hintern reicht. Es muss bald Mitternacht sein. Sein Hals ist trocken und er hat Durst. Sachte pflückt er ein wenig Gras aus der aufgeweichten Erde und saugt einige Tropfen von den feuchten Halmen.

Jetzt, wo Wachter auf ein gelebtes Leben zurückblickt, werden die Ideen des vagen Irgendwann-einmal zu nicht eingelösten Versprechungen und Vorhaben an sich selbst. Es rührt ihn nicht sehr und er möchte sich deshalb nicht zu einer tragischen Figur machen. Damit käme er sich lächerlich vor. Dass der Speicher der unbestimmten Zukunftsvisionen nie aufgebraucht sein kann, davon hat er ohnehin stets ordentlich Gebrauch gemacht. Dabei hat er nicht den Fehler gemacht, sich selbst zu ernst zu nehmen – *irgendwann werde ich auch mal auf der Chinesischen Mauer stehen; irgendwann werde ich auch einmal Chef sein; irgendwann lerne ich ordentlich Skifahren; irgendwann habe ich einmal Sex im Flugzeug.* – Nein, das ist alles nichts geworden, das kann er nun sicher sagen. Für manche Dinge ist es dann doch irgendwann zu spät.

Ihm kommt Margots letztes Foto in den Sinn: eine Selbstfotografie, allein, vor dem Abhang. Die Regionalzeitung hatte es mit abgedruckt. *Vor dem Todessturz! Das letzte Foto der Margot W. (57).* Weit und fast akrobatisch streckte sie den Arm von sich, um möglichst viel Hintergrund einzufangen. Hatte sie in diesem Moment das Gleichgewicht verloren? War es in diesem Moment passiert? Hatte der Abhang sie geholt, als wiege sie nichts? Mit der Zeitung war Wachter mit wild pochendem Herzen auf die Polizeiwache gerannt, gleich am Morgen, an dem die Meldung erschien. Die Tasse Kaffee hatte er halbvoll auf dem Küchentisch zurückgelassen und war mit falsch zugeknöpftem Anorak und außer Atem auf der Wache angekommen. Er wusste in dieser Situation nicht, wem er sich sonst in der Sache hätte mitteilen können. Aufgelöst hielt er den Beamten den Artikel unter die Nase und klopfte dabei immer wieder mit dem Zeigefinger auf das Bild, als wolle er es durchstechen, ihr schon lang und nun für immer vermisstes Gesicht auf dem recycelten Altpapier, und rief: *Sehen Sie! Sehen Sie, wie gefährlich die Dinger sind? Wahrscheinlich ist sie ausgerutscht! Wahrscheinlich hat sie sich zu weit nach hinten gelehnt, als sie ein Foto machen wollte! Das war ihr letztes Foto, schauen Sie doch. Sie müssen die Öffentlichkeit warnen! Sie müssen mehr Zäune aufstellen! Schilder müssen her! In Mumbai gab es so viele Unfälle, dass die Regierung ganze Areale zu selfiefreien Zonen erklärt hat. Wussten Sie das, sagen Sie, wussten Sie das?*

Man hörte ihm nicht zu, ließ ihn aber der Höflichkeit halber aussprechen. Die Beamten verliehen anschließend ihrem Mitgefühl Ausdruck und legten ihm nahe, sich in dieser herausfordernden Zeit der Trauer professionelle Unterstützung zu suchen. Man reichte ihm die Nummer einer kostenfreien und anonymen Krisen-Hotline. Zwei Sekunden später stand er wieder auf der Straße.

Er hatte nichts zu melden. Er hatte nur seine eigene Trauer, die er zu der weltbewegenden Botschaft, die keine war, aufzublähen versuchte. Er kicherte wirr in sich hinein und dachte: *Die Margot-Wilhelms-Stiftung. Stiftung zur Prävention desaströser Selbstfokussierung.*

Nein, das war der falsche Name, damit würde die Welt sich keinen Zentimeter mehr rühren, als die Natur ihr vorgab. Die Bella-Jolie-Stiftung, da würden Glocken läuten, ein paar Lichter angehen, Gemüter sich regen in kollektiver, semi-heuchlerischer Betroffenheit. Aber es gab bereits das Bella-Jolie-Aufklärungsprogramm, jedoch mit weit ausgedehnter Schwerpunktsetzung: *Zum verantwortungsvollen Umgang Jugendlicher mit Social Media.*

Simpel sollte er es halten, simpel, wie es ist. So wie er es seinen Nichten erklärt hat: Wer nur noch sich selbst sieht, sieht die Welt nicht mehr. Und das ist schlecht, denn die Welt frisst manchmal Menschen.

Er öffnet die Kamera seines Smartphones, betätigt die Selfie-Funktion. Unheimlich einfach, auch für jemanden, der es seit Jahrzehnten nicht getan hat. Das Gerät hält er noch in seinem Schoß. Es fühlt sich für ihn in diesem Moment an wie eine Waffe. Gegen wen? Zur Verteidigung wovon? Er schließt die Augen und versucht das Schwarz zu betrachten. Es ist aber kein Schwarz, was sich ihm zeigt, wenn er die Lider über die Augen senkt, es ist kein Schwarz. Es ist nur ein Nichts, das in eine undefinierbare Tiefe hineinreicht und von kleinen, hellen Pünktchen durchdrungen ist. Doch auch diese entgleiten ihm in dem Moment, in welchem er versucht, sich auf sie zu konzentrieren. Mit geschlossenen Augen hebt er den Arm und den Bildschirm ganz nah an sein Gesicht. Er konzentriert sich auf das Pochen in seiner Brust und das Gewicht in seiner Hand. In Fühlung mit seinem Inneren vergegenwärtigt er sich, dass sich durch die Person, die er gleich erblicken wird, nichts in diesem Empfinden ändern wird. Sie ist eine Verpackung, eine optische Verpackung zur schnellen Wiedererkennbarkeit dessen, der er ist; sie ist Medium durch Mimik und Ausdruck, mit einer Nase, die sich verächtlich rümpfen lässt, und

Augenbrauen, die sich fragend heben können. Nur wer die Verpackung erkennt, kann sie auf der Straße grüßen.

Dann schöpft Wachter letzten Mut – ein *Jetzt-mach-und-es-wird-schon!*, so wie es einer kurz vorm Sprung vom 10-Meter-Turm tut, ein Schlachtruf an die eigene Angst – und öffnet die Augen. Da schaut ihn jemand an. Jemand wie in einem Videotelefonat. Jemand wie auf der anderen Seite der Scheibe. Jemand, der in diesem Gerät wohnt, das Gesicht so groß wie die ganze Scheibe. Jemand, der nur Gesicht ist.

Er betrachtet sich gründlich. Die schlaffe, weiche Haut, die markante Nase, die Augen, die durch die hängenden Lider etwas kleiner erscheinen als früher. Die strubbeligen Augenbrauen mit den dicken Haaren, die unbändig in alle Richtungen zu wachsen scheinen. Er weiß nicht mal mehr genau, wann er sich das letzte Mal intensiv betrachtet hat, aber er sieht definitiv anders aus. Die Haut hat ein paar Flecken hinzubekommen, solche, wie er sie von seinen Händen kennt. Der Anblick erscheint ihm zu fremd, als dass er ihn ernsthaft erschrecken könnte. Das verändert Vertraute wäre ihm sehr viel gruseliger gewesen. Sein Gesicht erscheint ihm vielmehr wie ein Kunstwerk der Natur, ein Bildnis, das sich ändert, ohne sein Zutun. Der Blick in die spiegelnde Kamera ist ein Besuch, den er sich selbst abstattet, um ein Geschehen zu betrachten, das ihn unmittelbar betrifft und sich doch fern seiner Einwirkung vollzieht. Was hat dieses Gesicht, das er nahezu niemals sieht, mit ihm zu tun? Alles, was es seinem Gegenüber kommuniziert, spürt er dabei tief in sich, denn dieses In-sich-Sein löst die Sprache seiner Muskeln, die sich in

Mimik und Ausdruck übersetzt, erst aus. Es ist furchtbar still und beinahe dunkel. Diesen Menschen in dem Kasten – er sieht ihn an wie einen Fremden. Diese Unvertrautheit des eigenen Anblicks erlebt er für einen kurzen Moment als tiefes Glück. Wer bekommt schon je die Möglichkeit, einen erneuten, ersten Eindruck von sich selbst zu erhalten? Jahrzehntelange Absenz erlaubt es. So wie es auch bei einem Klassentreffen der Fall sein kann. Den Großteil der Anwesenden sah er wie zum ersten Mal. Er hatte die Erinnerung an die Mädchen und Jungen, die sie gewesen waren, und die Persönlichkeiten, die er damals erlebt hatte, mit denen er viele Jahre gemeinsam die Schulbank gedrückt hatte. Aber diese alten Erwachsenen, mit den neuen Furchen und den neuen Gesichtern, die sie trugen, gezeichnet von Alter, aber viel mehr noch von Erfahrung, das waren vertraute Gesichter, die er zum ersten Mal sah. Er macht eine Aufnahme von sich. Eine Kopie des Fotos erscheint augenblicklich in einem kleinen Kasten unten links im Bildschirm; eine Kopie wird in der Galerie abgelegt. Der Kameramodus bleibt bestehen, es ist, als warte das Gerät völlig selbstverständlich darauf, weitere Aufnahmen in Auftrag zu nehmen.

Er betrachtet das Foto-Ich mit einer merkwürdigen Distanz und sendet es per E-Mail an seine Nichten, seine Schwester und alte Arbeitskollegen. Dann an entfernte Verwandte und an die Leitung des Pflegeheims, dann an den gesamten Verteiler. An den Exmann seiner älteren Nichte und die Sachbearbeiterin, bei der er das Monatsabo einer Zeitung einmal abbestellt hat. Schließlich an ausnahmslos alle, deren E-Mail-Adresse er hat.

Betreff: Paul Wachter, 4. November 2048.

Dann hält er das Gerät eine Armlänge von sich weg, so weit es ihm möglich ist. So hält er seinen Arm für eine Minute, vielleicht zwei. Dort im Bildschirm sieht er sich noch immer. Kleiner. Der Hintergrund türmt sich überwältigend hinter ihm auf. Am Anfang fühlt sich sein Arm ganz leicht an, bis jede weitere Sekunde ihn mit Blei aufzufüllen scheint. Er beginnt zu zittern und wird steinschwer. Erst als er nicht mehr kann, holt er mit letzter Kraft aus und wirft das Gerät den Abhang hinunter. Mit einer einzigen schnellen Bewegung hinter seinen Kopf hinweg. Es fällt tief: Da, wo es landet, hört er es nicht mal mehr aufschlagen.

Sitzung V [Fragment]

»Würden Sie sich eigentlich als selbstbezogen bezeichnen?«

»*Eigentlich*? Mal so ganz beiläufig gefragt? Ulkig. Wie lange, Doktor, haben Sie die Frage schon auf Ihrem Zettel stehen und mit welchen anderen Fragen haben Sie erfolglos versucht, die Antwort auf ebendiese zu erhalten?«

»Gut. Würden Sie sich als selbstbezogen bezeichnen? Will's unbedingt wissen.«

»Natürlich. Nennen Sie mir einen Menschen, der es nicht ist. Wie auch nicht? Alles Denken und Handeln sickert durch das Selbst. In jedem Gedanken und mit jeder Tat.«

»Was ist mit der älteren Dame, die jeden Sonntag in die Kirche geht und anschließend zum Bäcker, um dem Bettler am Tor ein Brot zu kaufen?«

»Im Weltbild der Dame ist es gut und rechtens, armen Menschen Brot zu reichen. In dem Moment, in dem sie es tut, ist ihr Handeln eine Konsequenz ihres Weltbilds, ihrer Moral. In ihrem Selbstverständnis macht sie sich mit dieser Tat zu einem guten Menschen. Alles Handeln ist selbstbezogen.«

»Ist das Ihre Philosophie?«

»Ja. Ob ich sie mir selbst ausgedacht habe? Ja. Ob jemand anders sie vorher schon formuliert hat, und das mit einer analytischen Schärfe, die jahrelange Arbeit erfordert und in dieser Differenziertheit bereits anerkannt und weltweit berühmt ist? Mit Sicherheit. Soll ich deshalb aufhören, nachzudenken?«

»Nur, wenn Sie das Ziel verfolgen, damit berühmt zu werden.«

»Nein, nicht mit Denken. Das wäre doch töricht von mir. Zum einen kann es sowieso niemandem vermittelt werden. Zum anderen tu ich das ohnehin, einzigartig denken. Und Sie auch. Zum Beispiel dann, wenn wir noch ein wenig weiter über den Begriff der Selbstbezogenheit nachdenken mögen. Beide verwenden wir ihn. Aber wissen Sie, was der Unterschied ist, Doktor? Während Sie und die meisten Menschen diesen Begriff negativ konnotieren, betrachte ich ihn wertneutral.«

»Sie können mit Begriffen aber nicht einfach machen, was Sie wollen. Sie umdeuten, wie Sie meinen. Sie stehen immer in einem bestimmten Kontext.«

»Sehen Sie, und genau darum lass ich lieber Fotos sprechen. Die stehen in keinem Kontext. Die sind der Text.«

»Tun Sie das, sie sprechen lassen? In den letzten Wochen haben Sie immer weniger Fotos veröffentlicht. Spricht da überhaupt noch was?«

»Sie werden sicherlich verstehen, dass ich meine Zeit sinnvoll einteilen muss. In dem Moment, in welchem ich Fotos hochlade, kann ich keine mehr fertigen.«

»Am Anfang war Ihnen die Bewunderung der anderen aber wichtig.«

»Ja, am Anfang. Am Anfang ist die doch allen wichtig.«

»Aber der Moment ist wichtiger als die Wertschätzung bzw. Bewunderung des anderen, dass Sie in ihm existieren?«

»Verstehen Sie nicht? Noch ist er da, aber ich weiß, dass er bald nicht mehr da sein wird. Nehmen Sie folgendes Beispiel: Ein geliebter Mensch liegt neben Ihnen und Sie schauen tief in seine Augen. Wenn Sie nur tief genug schauen, erkennen Sie, warum von Fenstern der Seele gesprochen wird, und es fühlt sich nicht mal mehr kitschig an; es ist eine universale, den Kern aller Dinge durchdringende Tatsache, die Sie da eine Weile betrachten. Und je schöner der Augenblick ist, desto vehementer spüren Sie seine Vergänglichkeit: er rinnt Ihnen durch die Finger, noch während er geschieht.«

»Stiftet diese Unwiederholbarkeit nicht gerade das Referenzsystem, in welchem wir uns bewegen, wenn wir Lebensmomente als einzigartig einstufen?«

»Ja. Klar.« Sie spricht leise, und es klingt nach Eingeständnis und Kapitulation. Eine große Traurigkeit liegt in ihrer Stimme; eine Rührung, vielleicht die ehrlichste von allen. Durch diese Demonstration einer seltenen, ehrlichen Regung fühlt er sich angespornt, nachzubohren an der weichen Stelle, die sich gerade offengelegt hat.

»Materiell können Sie sich nicht festhalten, also versuchen Sie es immateriell auf Fotos. Würden Sie dieser Aussage zustimmen?«, fragt Florian Kramer.

»Sie überschätzen die Bedeutung, die ich der Materialität hierbei zukommen lasse. Ich gehe nicht mal davon aus, dass mein Körper überhaupt eine letzte Ruhestätte in dem Ausmaß bekommen wird, wie wir es heute kennen, und falls doch, dann nicht lange. Haben Sie mal einen Blick auf die Hochrechnungen der Weltbevölkerung geworfen? Und auf die Lebenserwartung von

Menschen aus Industrienationen? Sagen wir realistischerweise, ich habe vielleicht noch 80 Jahre. Wie wird es in 80 Jahren sein? Wer, glauben Sie denn, wird zuerst verlagert, wenn der Platz eng wird? Selbstverständlich die Toten. Für die Toten wird am ehesten kein Platz sein. Und jetzt gucken Sie nicht so entsetzt, ist doch naheliegend, ist doch fair.«

»Nun, Friedhöfe sind ja nicht für die Toten. Daher bin ich mir weniger sicher, wie fair das ist. Sie, Frau Jolie, sprechen aus der Position von jemandem, der Angst vor der eigenen Vergänglichkeit hat. Einige von uns aber haben viel mehr Angst vor der Vergänglichkeit geliebter Menschen. Und das ist eine Angst, die über den Zeitpunkt des Todes eines solchen Menschen hinausreicht. Diese Menschen haben nicht einfach Angst vor dem Tod. Sie haben akzeptiert, dass er kommt und sie nehmen wird. Ihre Angst reicht weiter als der Tod. Sie haben Angst davor, dass selbst für Erinnerungen kein Platz mehr sein wird.«

Florian Kramer neigt den Kopf ein wenig schief, kaum merklich, so, wie er bei ihr öfter schon beobachtet hat, wenn sie im Begriff war, etwas zu sagen, was sie durch eine veränderte Körperhaltung und Stimmlage mit Bedeutung aufladen wollte; so, wie sie es auch bei ihm schon wirkungsvoll eingesetzt hat. Er ahmt ihr eigenes Verhalten nach und hat damit ihre ungeteilte Aufmerksamkeit. »Aber schließlich reden wir die ganze Zeit über nichts anderes, nicht wahr?«, sagt er.

für Erinnerungen kein Platz

Er spricht es nicht aus, aber er denkt, dass sie sich lieber in der Grenzenlosigkeit abspeichert, in der Unendlichkeit des Internets, und er fragt sich, inwieweit ihr die darin liegende Crux bewusst ist: dass ihr einerseits unendlich viel Platz zur Verfügung steht, aber dass Dinge in der Unendlichkeit sich niemals verlässlich bewahren lassen. In der Unendlichkeit kann nichts einen Platz haben. Bei infiniten Achsen gibt es keine festen Koordinaten, keinen festen Punkt. Warum sagt er es ihr nicht? Er denkt, dass er sie liebgewonnen hat. Dass er sie versteht in ihrer Einsamkeit, in ihrer Angst, und auch in ihrer doch verletzlichen Eitelkeit. Also will er ihr nicht weh tun. Er sagt sich außerdem, dass es unprofessionell sein könnte. Aber es gibt noch einen Grund, weshalb er es ihr nicht sagt. Da ist eine Stimme in ihm, die es ihm mitteilt: Weil sie es schon weiß und nicht hören will. Wenn jemand etwas nicht hören will, dann ist das ein Wunsch, dessen Beachtung ein Ausdruck von Zuneigung ist, entscheidet er. Er weiß, wie streitbar das ist, aber er fühlt sich etwas schwach.

Stattdessen sagt er nun: »Finden Sie Gefallen an Tautologien?«

»Klar, die machen mich ganz scharf.«

Für einen Augenblick ist er aus dem Konzept gebracht. *Scharf* ist ein Wort, das nicht in ihren Wortschatz passt. Nicht in diesem Zusammenhang. Erregen, das würde passen. Florian Kramer hakt nach: »Wirklich? Handelt es sich nicht letztlich um eine ... nichtssagende Dopplung?«

»Würden Wörter immer genau dasselbe bedeuten, wären sie dieselben.«

»Aha.«

»Dr. Kramer, Sie sind voll und ganz ein explorativer Forscher.«

Er betrachtet, wie sie langsam, so, als habe das gar nichts mit ihrem Treffen zu tun, ihr Handy hervorholt. Sie legt es in ihren Schoß und fährt mit den Fingern langsam über den glatten, noch nicht aktivierten Bildschirm, während sie ihm ungebrochen ins Gesicht blickt. Sie sagt: »Ich mag es, wenn Worte einander spiegeln.«

Die Vögel draußen zwitschern in heller Aufregung aus ihren Kehlen, als laufe einer unter ihnen Amok. Die Hitze steigt in diesen Sommermonaten unter das Reetdach. Sein Hemd klebt ihm schweißig am Steißbein. Fräulein Ast hingegen trägt ein langärmliges, hellgrünes Kleid und sieht so frisch aus, als spazierten sie durch eine angenehme Frühlingsbrise.

»Wissen Sie, was ich noch mag?«, fährt sie fort.

Er hat sich eigentlich abgewöhnt, auf ihre rhetorischen Fragen zu antworten, aber sie ist häufig hartnäckig und verhält sich, als ob es keine seien, verharrt in den Pausen zwischen den Worten und dehnt sie aus. Am Telefon, denkt Florian Kramer sich, wäre sie garantiert jemand, den es alle paar Halbsätze nach einem zustimmenden *Mh, mh* verlangt. Also antwortet er: »Nein. Was?«

»Ich finde, wir unterhalten uns gerade richtig, so wie Freunde. Wunderbar! Sie sagen was, ich sage was, Meinungsaustausch. Sie sind ein wenig müde, das Wetter strengt Sie an. Also kommen Sie ein wenig aus ihrem doktoralen Duktus raus.«

Florian Kramer fasst sich an die Schläfen und massiert sie sanft.

»Doktoral?«, wiederholt er. »Das Wort gibt es nicht.«

»Ah, anscheinend doch noch fit im Geist! Und dennoch sehe ich an Ihrem ertappten Gesichtsausdruck, dass Sie genau wissen, wie ich's meine, Doktor. Tut das dann noch was zur Sache?« Doch auch sie sieht ertappt aus.

»Ich weiß, wie es gemeint ist – und es gefällt mir nicht –, aber *das Wort gibt es nicht.*«

Ihrer eigentlichen Schlagfertigkeit zum Trotz schaut sie ihn jetzt nur düster an, zappenduster, und zischt: »Na und?«, als fiele ihr sonst nichts ein.

»*Wussten Sie*, dass es das Wort nicht gibt?«

»Ach, seien Sie doch still.«

Er denkt, dass sie recht hat. Ihm ist etwas schwindelig, die Hitze steigt ihm zu Kopf, vielleicht auch die Situation. Es ist einer der Augenblicke, in denen ihn durchaus Selbstzweifel überkommen – wie wichtig seine Untersuchungen eines Tages sein werden, kann er noch nicht wissen. Florian Kramer wird ein bekannter Mann sein, doch jetzt ist er einfach nur ein durstiger. Er will gerade vorschlagen, die Sitzung diesmal ein wenig früher zu beenden, da sagt Bella Jolie, mit vorwurfsvoller Stimme, der er anhört, dass sie sich gedanklich gerade intensiv mit dem Gesagten beschäftigt hat und zu einer Schlussfolgerung gekommen ist:

»Sie *wollen* mich pathologisieren, Doktor.«

»Ich bitte Sie. Ich möchte, dass Sie wieder gesund werden«, murmelt er.

»Natürlich.« Ihre Augen fixieren ihn scharf. So scharf, dass es ihn wieder ganz aus der trunkenen Schläfrigkeit holt und in den Moment verschlägt. Der Schimmer, der vorher in ihren Augen lag, ist verschwunden. Ganz so, als könnte sie ihn abstellen; Lichtschalter. »Aber wieder gesund werden, das kann nur der Kranke«, sagt sie.

»Darf ich Sie was fragen?«, fragt der Therapeut.

Sie lacht auf, amüsiert, aber noch immer zänkisch. Dies lässt ihn erst die Ironie seiner Frage begreifen. Ist ihm recht. Es war ernst gemeint. Diese Frage, hat er im Gefühl, ist persönlicher als die anderen. Es handelt sich um eine richtige Frage, von ihm an sie gerichtet.

»Wollen Sie denn nicht vielleicht krank sein?«

Ihre Miene verdunkelt sich vollends, und ihre Finger, die eben noch über das Display in ihrem Schoß streichelten, kratzen nun sachte darüber.

»Sie sagen das, als wäre es wünschenswert.«

»Manchmal sind Dinge nur mit dem Blick auf die Alternative wünschenswert.«

»Aber die Alternative wäre, gesund zu sein.«

»Nein. Die Alternative wäre: Es ist keine Krankheit. *Sie sind einfach so.* Tut das nicht mehr weh?«

Die Patientin schweigt und schaut dermaßen abrupt und zärtlich aus dem Fenster, als würde auf der Fensterbank jemand sitzen, der ihrer Fürsorgepflicht unterläge und den sie in den letzten vierzig Minuten leider vergessen hätte. Als warte dort auf diesem Stück Holz eine höhere Aufgabe auf sie, die gänzlich auf ihre Verantwortlichkeit, vor allem aber auf ihre wohlwollende Aufmerksamkeit angewiesen sei. Er ist sich nicht sicher, wie bewusst ihr in diesem Moment ist, dass dort nichts liegt.

»Das ist ganz schön heftig, wenn ich es mir recht überlege«, flüstert sie dem Fenster zu und tut beinahe ernsthaft, als könne er sie nicht hören. »Ein Arzt, der seiner Patientin unterstellt, das Wort Krankheit als Ausrede für ihre persönlichen Schwächen zu nutzen.« Sie klingt ernsthaft getroffen, doch was auch immer sie getroffen hat, beantwortet sich selbst in jener aufgebrachten Stimme der empörten Klatschtante. »Hat man sowas schon gehört!«, murmelt sie erhitzt. »Ich glaub', ich werd' nicht mehr!«

Sie tratscht in seiner Gegenwart mit einem Stück Fensterbrett über seine Persönlichkeit. Es ärgert ihn, und zugleich fühlt er sich ungeheuer wichtig. Dann sagt sie nichts mehr. Und ihr Schweigen materialisiert sich beinahe in die Atmosphäre hinein. Es wächst mit seiner Dauer, wie fast alles junge Leben. Schließlich spricht sie, wieder laut und kräftig, fast ein bisschen plaudernd, ganz nonchalant: »Ich muss sagen, Doktor, Sie haben mich verletzt.«

Es ist die einzige Sitzung, die Bella Jolie jemals unterbrechen wird. Doch scheint es ihm, als habe sie das schon Momente zuvor getan, ehe sie nun aufsteht, ganz ruhig und furchtbar elegant, ihren Rock glattstreicht, das Haar zurückwirft und sich, ohne ihn eines weiteren Blickes zu würdigen, Richtung Tür begibt und aus dem Raum verschwindet.

*

Als Paul Wachter wieder im Wohnheim ankommt, hat die Ruhezeit schon längst begonnen. Doch an einem Ort, der mit penibler Beharrlichkeit darauf bedacht ist, dass zu keinem Zeitpunkt irgendjemand gestört werde, macht dies keinen nennenswerten Unterschied. Fast alle Türen sind geschlossen. Die Rampe beachtet er nicht, er nimmt die vielleicht zwanzigstufige Treppe und hält sich am Geländer fest. Das Metall ist kalt. Er ist es nicht gewöhnt, spät zurückzukommen, ohnehin ist die Empfindung des Heimkehrens ihm über die Jahre fremd geworden. Noch nie ist ihm das Wohnheim so lieb gewesen wie in diesem Moment, in dem er es als einen Platz der Zuflucht über Nacht wieder aufsucht. Paul Wachter hat zu viel Zeit an diesem Ort verbracht und dabei verlernt, ihn zu vermissen. Erst das temporäre Sich-Abwenden macht aus einem Zimmer, das sich zuvor noch mehr wie ein Gefängnis angefühlt hat, ein Zuhause. All das denkt er, als er den beheizten Flur betritt, und hat kurz das Gefühl, dass er nichts davon zum ersten Mal tut. Drinnen erst bemerkt er, wie sehr sein Mantel von Feuchtigkeit durchdrungen ist und wie viel schwerer er auf seinen Schultern liegt, nun, da er wieder da ist. Die kantige Sterilität des Hauses, welche sich selbst auf die Topfpflanzen und die mit schönen, wechselnden Bildern bespielten Displays erstreckt, erscheint ihm nun viel freundlicher.

Die Blicke spürt er, bevor er sie sieht. Einen von der Seite, einen aus dem Flur, der ihn zu seinem Zimmer führt. Die eine Dame, die zu seiner Seite, steht hinterm

Empfang. Überrascht es sie, dass er einen Ausflug gemacht hat? Oder dass er wiedergekommen ist? Nein, es ist etwas anderes. Er sieht die Handys in ihren Händen. Die Namen der Damen kennt er nicht, aber im Verteiler des Wohnheims sind sie bestimmt. Sie werden sein Foto erhalten haben. Er lächelt ihnen freundlich zu und geht an ihnen vorbei. Die Damen blicken verdutzt. Hätte er auch auf dem Foto lächeln sollen? Vielen Menschen begegnet er nicht zu dieser späten Stunde, doch die, deren Wege er kreuzt, tragen denselben erstaunten und irritierten Ausdruck auf ihren Gesichtern. Wo kommen die alle her? Stehen sie immer im Flur rum, einfach so? Was tun, aber vor allem, was denken sie? Er spürt ihre Blicke auf der Haut. Fast ist er in seinem Zimmer angekommen. Die Hand schon auf der Klinke, dreht er sich noch einmal um. Die Schwester, die ihn zweifelsohne gerade noch angeschaut hat, blickt hastig weg, doch als er sich nicht rührt, nimmt sie, ganz beiläufig und doch recht scheu, den Augenkontakt wieder auf. Er erkennt sie. Es ist die Schwester, die ihm gestern Morgen das Frühstück gebracht hat.

»Ich wollte Ihnen nur sagen«, beginnt Wachter, »dass ich gern hier wohne. Gute Nacht.«

In seinem Zimmer sieht er, dass sie ihm Abendessen auf dem Tisch serviert haben, und verspürt Dankbarkeit. Den nassen Mantel legt er ab, lässt ihn einfach auf den Boden fallen. Das hat er lang nicht mehr getan, vielleicht noch nie. Er stürzt sich auf das Essen und stopft es mit den Fingern in sich hinein: kaltes Kartoffelpüree mit

Petersilie, viel zu weich gekochte Möhrchen mit Erbsen und eine dünne Scheibe kalten Braten. Die verschmierten Hände, auf denen der Brei sofort klebrig antrocknet, reibt er fest aneinander und zerkrümelt die Essensreste über dem Boden. Sie rieseln auf den dunkelroten Teppich und werden zwischen seinen Fasern unsichtbar. Den Rest reibt er an der Hose ab. Sein Laptop leuchtet auf und teilt ihm mit, dass mehrere E-Mails für ihn angekommen sind, mindestens ein halbes Dutzend. Verschiedene Absender, stets der Betreff: *AW: Paul Wachter, 4. November 2048.*

An dem Büroklammer-Symbol erkennt er, dass manche ebenfalls einen Anhang zurückgesendet haben. Er beachtet sie nicht weiter. Vorher muss er noch etwas erledigen. Langsam geht er in die Knie und lässt sich auf sie fallen. Er spürt es weniger im Rücken, als befürchtet. Sich krabbelnd auf dem Boden fortbewegend, nähert Wachter sich dem Holzkleiderschrank, einem der wenigen Einrichtungsgegenstände, die er aus seiner alten Wohnung übernommen hat. Bis zur Schulter schiebt er seinen Arm unter den Spalt zwischen der Unterkante des Schranks und dem Fußboden, bis er ertastet, wonach er sucht. Den milchig-weißen Plastikkasten bekommt er an der Spitze zu fassen und zieht ihn hervor. Der Kasten schabt über den Boden. Es kostet Wachter einiges an Anstrengung ob der Länge und Breite des Objekts, die seiner halben Körpergröße entsprechen, oder mittlerweile vielleicht mehr. Wachter pustet den Staub von der Oberfläche, obwohl es unnötig ist und die Spuren der Zeit sich nun schwebend in dem ganzen Zimmer verteilen. Mit einem Klacken öffnet sich der Kasten. Er ist bis zum Rand gefüllt mit einem unsortierten Stapel alter Fotos. Natürlich hat Wachter sie nie weggeworfen. Die schiere Menge an Papier, die ihm jeweils verschiedene Momente seines Lebens, alle mehr als dreißig Jahre her, vorführen, überwältigt ihn fürs Erste. Manches überrascht einen, manches holt einen nur ein. Er hört die kommentierenden Stimmen in seinem Kopf zu den Nichtbildern, deren Niemals-Existenz an jenem Tag im November 2019 entschieden wurde, an welchem er beschloss, sich nicht mehr fotografieren zu lassen. *Denken Sie manchmal nicht, dass diese Bilder verloren sind? Es gibt Jahrzehnte, da werden Sie niemals wissen, wie Sie ausgesehen haben. – Und bloß weil ich's nicht weiß, ist es verloren? Was ist mit den Menschen, die lebten, als es noch keine Fotos gab? Haben die weniger gelebt?* Nein, dazu schweigt dann jeder, das kann man so natürlich nicht sagen. Aber jetzt, wo es die Möglichkeiten, die vielen Möglichkeiten gibt ...

Er hat nicht vor, die Fotos anzuschauen. Aber um das Papier zu finden, das er sucht, muss er sich durch die bildlichen Erinnerungen graben, während seine Hände inspizierend in ihnen schaufeln und hier und da hängen bleiben. Sie halten ihn auf und lassen ihn verweilen: in einem Sommer vor zwanzig Jahren, auf einem Weihnachtsmarkt, im Garten seiner alten Wohnung und auf einem Urlaub in der Toskana mit seinem Beagle Scrappy, der ihm über ein Jahrzehnt ein treuer Gefährte gewesen ist. Ereignisse, an die er sich gern erinnert. Vielmehr noch: Ereignisse, an die er sich ohne diese Fotos teilweise überhaupt nicht mehr erinnern würde. Sie wären unwiderruflich versickert im Vergessenen. Schließlich schafft er es, sich von ihnen zu lösen. Als er das Papier findet, liegt es ihm so fragil in den Händen, dass seine intakte Beschaffenheit ihn beinahe befremdet, dass er sich wundert, dass es nicht in dem Moment zerfällt, in welchem er es entfaltet.

Paul Wachter erinnert sich. Er hat die Bilder in seinem Kopf. Sie lehnte an der Wand im Wohnzimmer, der zarte Körper zusammengefaltet wie ein Ballon, aus dem alle Luft entwichen war. Kein Leben pochte mehr in ihr. Kein Zittern. Kein Hauch von einer Haltung. Ihr Gesicht lag hinter dem Haar verborgen wie eine Bühne, auf der ein Auftritt stattgefunden hat und nun der Vorhang gefallen ist. Ihre Haare waren goldblond, honigbraun, geteilt in fettige Strähnen und Schuppen. Und doch wusste er, wie schön sie war. Als gäbe es da eine Aura, die noch mit im Raum war, eine Aura verdorbener Schönheit, die ein letztes Mal wahrgenommen werden wollte.

Die blutleeren Arme hingen ihr mutlos von den Schultern. Das Handy lag in ihren Händen, noch angeschlossen an die Steckdose, neben die der Körper sich gesetzt hatte. In dem Raum roch es nach Exkrementen, und so heftig der Impuls da war, das Fenster aufzureißen, so schnell war er wieder weg. Sie ist noch ein wenig hier, kam es ihm vor, in dieser schlechten Luft, in der organischen Temperatur dieses Ortes. Er konnte nur schlecht einschätzen, wie lange sie schon tot war. Ihm war grässlich in dem Raum, und zugleich war er von einer Faszination gefesselt, die ihn, ehe er die Behörden informierte, einige Minuten innehalten und sich gegenüber dem leblosen Körpers niedersetzen ließ. Er betrachtete den Leichnam, und es war ihm, als krieche eine Essenz reinen Horrors in ihn hinein, von ihrem Körper in den seinen, über den Fußboden hinweg, und er wusste schon in diesem Moment, dass er niemals mit jemandem darüber sprechen würde. Diese Erfahrung wäre nicht nachvollziehbar für jene, die sie nicht mit ihm teilten; und niemand teilte sie. Als er die Tränen auf seinen Wangen bemerkte, waren sie bereits am Trocknen. Obwohl er schon minutenlang, vielleicht eine halbe Stunde, in dem Raum verweilte und sich an die Gerüche und den Anblick gewöhnt hatte, war es, als treffe ihn die Realität dessen, was ihm gerade widerfuhr, just erst in der Sekunde, in welcher er aufsprang und den bröcklig-säuerlichen Ausdruck seiner Übelkeit in die nächste Toilette spie.

Danach tat er, was sich gehört. Er betätigte die Spülung und wischte mit Papier die Spritzer fort, die danebengegangen waren. Unter der Spüle in der Küche fand er antibakterielle Putzmittel, mit denen er noch über die Kloschüssel wischte. Auch hob er den Sitz und wischte die Flächen darunter. All dies tat er mit einer Sorgfalt und Zugewandtheit, die ihm aus seinem eigenen Alltag fremd war. Wachter hielt sauber, was nun keiner mehr brauchte. Keiner mehr? Er, fiel ihm ein. Die Wohnung würde nun an den Vermieter zurückgehen, den Vermieter, der er war. Er wusch sich die Hände zweimal mit Seife, ph-neutral und mit Lilienduft, und anschließend das Gesicht. Er betrachtete sich im Spiegel, die Tropfen auf seiner Haut und den plötzlich wachen Ausdruck in seinen Augen, die sich weiteten, als könnten sie durch Überdehnung austesten, ob das Bild, das sich ihnen zeigte, tatsächlich wirklich war, oder ob der Anblick nicht platzen würde wie eine Seifenblase, wie ein überspanntes Gummi, wenn er die Lider nur weit genug auseinanderzog.

Auf dem Weg zurück ins Wohnzimmer bemerkte er den Esstisch, an welchem er in der ersten Aufregung vorbeinavigiert war. Auf ihm befand sich ein Obstkorb mit verschrumpeltem Inhalt, über den kleine Fliegen schwirrten. Direkt daneben und prominent platziert: ein paar beschriftete Bögen Papier. Er nahm sie auf und merkte erst jetzt, dass seine Hände zitterten. Er las die Papiere zweimal, dreimal und packte sie anschließend in seinen Rucksack. Danach rief er die Polizei, sagte aus, was sich zugetragen hatte, nämlich nur, dass er sich Zutritt zu der Wohnung verschafft hatte, um nach seiner Mieterin zu sehen, und dass er nichts weiter über die junge Frau wusste als jene nichtssagenden Informationen, die einer Bewerbung um eine Immobilie beigefügt waren: Name, Alter und Gehalt.

Es ist das erste Mal seit diesem Tag, dass er das Papier wieder liest. Seinen Effekt verfehlt es nicht. Seiner Schreibtischschublade entnimmt er eine Klarsichtfolie, zieht den Bella-Jolie-Band hervor und hievt ihn auf seinen Schoß. Er schlägt die letzte Seite auf, und das Gewicht des vielen Papiers sackt schwerfällig zur Seite wie bei einem prall gefüllten Aktenorder, an dessen Ende ein neuer Beitrag abgeheftet wird. Mit ähnlicher Absicht befestigt Wachter die Klarsichtfolie auf der Innenseite des Rückumschlags mit einem Streifen transparenten Klebefilms. Er zückt seinen Füllfederhalter und tut, was er in Jahren nicht gewagt hat: Er tastet das Papier an, streichelt es zwischen Zeigefinger und Daumen und fügt ihm eine Überschrift hinzu, die aus einem einzigen Wort besteht sowie ihrem Namen. Anschließend schiebt er die Papiere in die Klarsichtfolie. Nun ist der Band komplett. Jetzt, da sein Leben bald vorbei sein wird, weiß er, dass er es gelebt hat. Er weiß um seine Versäumnisse, aber noch mehr um den Reichtum, den es birgt. Die alten Ängste bedrohen ihn nicht mehr. Sein Bild bedroht ihn nicht mehr. Das Ich, das gelebt werden wollte, hat gelebt. Er ist frei. Den Band klappt er zu und legt ihn auf die Büchermauer neben seinem Bett. Er zieht sich aus und schlüpft nackt unter die Bettdecke.

Paul Wachter wollte am Ende zurückblicken, und dann noch einmal geradeaus. Die Decke liegt weich und schwer auf seinem Körper. Er sinkt in die Matratze, und langsam in den Traum.

Vielleicht wacht er am nächsten Tag noch einmal auf.

Vielleicht viele Morgen noch.

Sie

Janina.

Wenn Du diesen Brief findest, wird der Moment, in dem ich ihn geschrieben habe, schon länger vergangen sein. Wenn Du diesen Brief findest, bedeutet das, dass mir etwas zugestoßen ist. Es bedeutet, dass ich in ein Krankenhaus gebracht wurde, versorgt und aufgepäppelt werde. Oder es bedeutet, dass ich tot bin.

In jedem Fall habe ich die Befürchtung, dass es möglicherweise nicht mehr lange dauern wird, bis ich den Brief nicht mehr verfassen kann, und so muss ich es jetzt tun. Mir geht es nicht gut, mein Körper ist schwach. Ich habe gerade Brot gegessen, mit Käse und Orangen, und einen Liter Wasser getrunken, von dem ich ein Viertel wieder ausspucken musste. Es geht mir nun besser, aber meine bislang schlummernde Müdigkeit schleicht sich wach und lähmt mir den Kopf. Ich kriege sie nicht totgeschlagen. Besser schreibe ich diesen Brief, bevor die Müdigkeit mich totschlägt.

Ist dies eine Absage an mich? Nein, es ist eine Vorsorge.

Momentan stellt sie noch kein übermächtiges Problem für mich dar, diese Zeit, meine ich, die beansprucht wird, um dies zu formulieren, und all die anderen Dinge (oder: genau die eine Sache), die ich derweil eben nicht tun kann. Aber das eigene Bedürfnis überkommt einen überfallartig, es fragt nicht vorher, es kündigt sich nicht an, nicht wirklich, und wenn doch, unterdrückt der Teil, der es bekämpft, es zunächst effektiv: Abhängigkeit ist nicht höflich.

Sie nimmt keine Rücksicht auf deine Pläne und Vorlieben. Keine Rücksicht darauf, dass du heute eigentlich einen schönen Spaziergang machen willst, bei dem Geburtstag einer Freundin vorbeischauen wolltest oder diesen Essay zu verfassen vorhattest, der schon seit Wochen auf der Bank liegt. Ihr Gegner ist nicht die Vernunft, denn die beiden kennen sich nicht. Sie interessiert sich auch nicht für den einen Menschen, dem du durch dein Handeln zeigen willst, dass du ihn liebst, und auch nicht dafür, dass du deinem Gegenüber eigentlich wirklich gerne zuhören möchtest. Alles, was sie will, ist, was sie will. Die Katze beißt sich in den Schwanz und frisst sich auf. Mehr will mehr. Erfülltes Verlangen erweitert das Spektrum des Verlangbaren. Sie verunmöglicht dich.

Alles, was sie will, ist, was sie will.

Deshalb ist sie herrlich einfach und doch, für mich, unauflösbar.

Sie stellt sich nicht diese ewig penetrante *Was will ich?*-Frage.

Alles, was sie will, ist, was sie will.

Sie kennt keine Zukunft, sie kennt nur das Hier und Jetzt und konzentriert sich voll darauf; aber sie ist nicht achtsam, sie ist haltlos; sie ist nicht geerdet, sie bäumt sich auf.

Und jetzt kündigt sie sich wieder an. Es ist sehr schwierig, ein Verlangen zu vergessen, weil man in Ruhe über es nachdenken und schreiben möchte. Es ist unabweisbar.

Dies will ich Dir erklären: Ich habe die Kontrolle verloren über diejenige, die sich selbst betrachtet. Ich weiß nur, dass sie etwas sucht, was sie nicht findet. Und weil ich nicht weiß, was sie sucht, kann ich ihr nicht helfen. Sie ist das Ich, das sich selbst betrachtet und zur Sie gemacht hat. Sie ist süchtig nach mir. Ich bin süchtig nach ihr. Wir sind fasziniert von dem, was wir sind. Es passiert so viel in uns. Wir sind eine wunderschöne, nicht mehr auf den Kopf zu stellende Sanduhr. Wir sind wir, und das reicht uns nicht.

Indem ich den Augenblick bereits vermisste, bevor er vorüber war, habe ich ihn ganz verpasst.

Ist es nicht legitim, ist es nicht gar unsere Aufgabe, dass wir uns uns selbst zuwenden? Ich dachte, ein jeder sei sich selbst der einzige Mensch, von dem er gewiss niemals verlassen werden könne. In dem Moment, wo du dich selbst verlässt, bist du niemand mehr, der verlassen werden kann. Deinen eigenen Kopf kannst du nicht verlieren. In dem Moment, wo du ihn verloren hast, hast du ja gar nicht mehr die Fähigkeit, den Gedanken zu produzieren, dass du ihn verloren hast.

Ich bin das noch lebende Gegenbeispiel.

Ich weiß nicht, wer Du bist, und wahrscheinlich kennen wir uns nicht gut oder womöglich gar nicht, aber wir sind miteinander verbunden – ich weiß das schon, Du noch nicht. Du bist derjenige, der mich finden wird, und darüber werden wir zwei immer, immer besonders füreinander sein. Dieses Schreiben will nichts, außer Dir, nur Dir, eine Erklärung anbieten. Die anderen sollen nur Bilder haben. Ein Bild sagt mehr als tausend Worte? Tausende Bilder, *diese* tausenden Bilder, sagen am Ende nicht ein Wort, vielleicht nicht ein Wort mehr als: *Ich*. Und vielleicht noch ein zweites: *Wer*.

Du sollst mich nicht vergessen. In Dir soll mehr zu mir gesagt werden. Die anderen sollen weitertaumeln in der mystifizierenden Spekulation und im Widerhall ihrer projizierten Liebesbedürftigkeit. Ich brauche dieses Echo nicht. Ich bin mir selbst mein Echo. Wie sonst kann man sich selbst zuhören?

Du magst dich fragen, weshalb ich meine Kräfte sammle, um diesen Brief zu schreiben, anstatt um Hilfe zu rufen. Du allein sollst die Wahrheit kennen: Ich weiß nicht, ob ich sie will. Alles, was ich will, ist weitermachen wie bisher, daran besteht kein Zweifel, das will ich, das und Dein Mitgefühl. Ansonsten kann ich nicht mehr. Ich will nicht darüber nachdenken, was zu tun ist. Ich will nicht ... nichts ... weiter. Das Spiel ist vorbei. Diese Wahrheit aber ist irrelevant. Sie erzählt nicht die tragische Geschichte, die ich von mir erzählt haben möchte, und auch nicht die Geschichte, die die Leute hören wollen. Du tust keinem einen Gefallen damit, sie zu veröffentlichen. Lass der Welt ihre Story, und mir auch. Ach! Ich wünschte, Du und ich, wir hätten uns kennen gelernt. Aber jetzt kennst Du mich. Du kennst mich besser als alle anderen.

Überwältigend ist das Verlangen nur dann, wenn du versuchst, es zu unterdrücken. Sonst ist es sanft, das Einfachste der Welt; ein gefühlt natürlicher Vorgang des Passierens. Manchmal ergriff ich die Kamera, ohne es überhaupt zu merken. Dann lag sie einfach in der Hand und meine Finger haben sich von selbst betätigt. Nicht schwer, nicht viel Arbeit. Kein Leid. Ich fand nicht, dass ich ein Problem hatte.

Über die Fotos bin ich dennoch dankbar. Nicht alle, nicht die Masse. Aber als ich noch Zeit dazu hatte, habe ich sie mir gerne angeschaut. In der Tat: sie haben mich mir selbst näher gebracht. Ich habe in ihnen jemanden gesehen, den ich noch nicht kannte. Aber ich musste sie immer wieder sehen, um mich ihrer zu erinnern. Sie haben ein Stück Vergangenheit in die Gegenwart hineingetragen und in zweiter Instanz erfahrbar gemacht, was in direkter Auseinandersetzung nicht erfahren werden konnte. Das war auch gut. Besser so als gar nicht, nicht wahr? Besser so.

Siehst Du mich? Ich wünschte, ich könnte Dich sehen.

Mir tun die Finger weh. Sie zittern, aber nicht vor Schmerz, und auch nicht vor Angst.

Ich wollte nicht verpasst werden
Und doch ist's ja gar nicht möglich.
Und doch ist ja alles schon.
Alles ist;
schön.

Narcissus pseudonarcissus

Biografien

Ramona Raabe wurde 1992 in Köln geboren. Sie studiert Literatur- und Filmwissenschaft an der Freien Universität Berlin und der University of California, Los Angeles. Bereits im Grundschulalter begann sie kreativ zu schreiben und wurde seither mehrfach ausgezeichnet, u. a. mit dem Martha-Saalfeld-Förderpreis 2013 des Landes Rheinland-Pfalz. Kurzgeschichten von ihr erschienen auch bei Dittrich, zuletzt in der »Unbehauste«-Reihe. Ramona Raabe lebt in Berlin. || ramonaraabe.com

Ailish Trimble wurde 1992 in East London geboren. Sie lebt und arbeitet in Berlin als Illustratorin. Trimble hat einen Abschluss in Englischer Literatur von der University of York sowie ein Diplom in Kunst und Design von dem Camberwell College of Arts an der University of the Arts London. Ihre Arbeit mit Literatur und Illustration realisiert sie im Rahmen unterschiedlicher Projekte – zum Beispiel mit Autoren, Politikern, Kindern und privaten Auftraggebern. || ailishtrimble.com

Rilkes Gedicht NARZISS auf S. 104 wurde zitiert nach:

Rainer Maria Rilke: *Die Gedichte*. Insel Verlag: Frankfurt am Main und Leipzig 2006. S. 577.